© 2018 Buzz Editora

Publisher ANDERSON CAVALCANTE
Editora SIMONE PAULINO
Assistente editorial SHEYLA SMANIOTO
Projeto gráfico ESTÚDIO GRIFO
Assistentes de design LAIS IKOMA, STEPHANIE Y. SHU
Revisão JORGE RIBEIRO, MARIANA FUJISAWA

Imagem de capa MARIANA SERRI
California sparkles, 2014. Óleo e cera sobre tela.
Fotografia: Sergio Guerini

Dados Internacionais de Catalogação na Publicação (CIP)
(Câmara Brasileira do Livro, SP, Brasil)

Minev, Ilko
Na sombra do mundo perdido / Ilko Minev
São Paulo: Buzz Editora, 2018.
144 pp.

ISBN 978-85-93156-58-8

1. Amazônia – Ficção brasileira I. Título.

18-15761   CDD-869.3

Índices para catálogo sistemático:
1. Ficção: Literatura brasileira 869.3

Todos os direitos reservados à:
Buzz Editora Ltda.
Av. Paulista, 726 – mezanino
CEP: 01310-100 São Paulo, SP

[55 11] 4171 2317
[55 11] 4171 2318
contato@buzzeditora.com.br
www.buzzeditora.com.br

Na sombra do mundo perdido

Ilko Minev

Mais de um século atrás, o escritor britânico Sir Arthur Conan Doyle criador do famoso detetive Sherlock Holmes, escreveu o livro O mundo perdido *inspirado pelo mistério do irresistível Monte Roraima.*

9	**Lago Caracaranã**
21	**Rio Surumu**
29	**Santa Virgínia**
41	**Raposa Serra do Sol**
49	**Minha Mãe**
59	**Bulgária, 1994**
65	**As crianças da Fazenda Santa Virgínia**
71	**Mais um búlgaro na Amazônia**

81	A demarcação
89	O início da batalha final
93	Uiramutã
105	O amargo fim
111	A despedida
129	2015, seis anos depois
140	Glossário

Lago Caracaranã

Nos últimos quilômetros o trânsito na estrada aumentou bastante. Finalmente Alice e eu estávamos chegando perto do destino – o lago Caracaranã, local predileto dos habitantes de Roraima nos tórridos fins de semana do verão tropical. Percebi, pelos pequenos aviões estacionados próximos, que ali se improvisava um campo de pouso. Ao lado se erguiam pequenos chalés e uma construção baixa, sem paredes, que parecia ser um restaurante.

Não foi fácil encontrar uma vaga, eram mais de cem picapes, o meio de transporte predileto naquelas bandas, estacionadas de forma meio caótica. Não tinha nenhuma marcação no piso e Alice precisou me ajudar a manobrar e estacionar numa vaga apertada. O restaurante estava lotado, pessoas em pé esperavam por uma mesa sem demonstrar pressa, enquanto tomavam cerveja e conversavam descontraídas. Passamos ao lado do restaurante e, já pisando na areia branca e fina da praia, procuramos a sombra acolhedora de alguns arbustos nativos e dos cajueiros que alguém tinha plantado porque entendeu que ali era importante criar um refúgio do sol inclemente. Depois da vegetação começava a praia cuja inclinação convidativa levava às águas verdes, calmas e transparentes do lago. Uma brisa forte soprava sem parar e eu e Alice nos surpreendemos maravilhados por uma dezena de pequenas e coloridas velas de windsurf, que se cruzavam numa estonteante velocidade. Era uma vista surpreendente, quase mágica, que contrastava com o cenário seco com forte predominância da cor amarela, que se espalhava por toda aquela região.

Me dirigi a uma pequena construção de alvenaria, que parecia ser a administração daquela pousada. Precisava de uma cabana para Alice e eu passarmos o fim de semana. Abri a porta e entrei num ambiente que, depois da forte claridade externa, parecia escuro e eu custei a perceber um senhor já de idade, baixo, magro e de cabelo grisalho cuidadosamente penteado para trás sentado atrás de uma escrivaninha antiga. Com tom de voz afável, ele me disse que se chamava Joaquim e explicou que na pousada não tinha mais vagas para aquela noite e muitos iriam dormir em suas camionetas ou acampar em tendas. No dia seguinte, seria outra história – teria quartos vagos à vontade.

Estava preocupado com Alice! Após quase três semanas de repouso absoluto e extremos cuidados, no final do quarto mês de gravidez, apesar de todos os esforços, ela tinha perdido nosso neném. O choque foi terrível! Passado quase um mês daquela agonia sem fim, era nítido que ela não tinha se recuperado ainda, embora tentasse esconder de mim a tristeza. Temia que entrasse numa depressão ainda mais profunda e por isso gostaria de providenciar para ela um conforto melhor do que o banco da picape poderia oferecer. Joaquim se identificou como proprietário daquela fazenda e então recomendou a pensão da dona Amélia na cidade de Normandia, povoado que fica na região do baixo rio Maú, onde o lavrado encontra as montanhas, a poucos quilômetros do Caracaranã.

Insisti e Alice topou passar algumas horas se deliciando nas águas límpidas e refrescantes do lago antes de ir à Normandia. Era exatamente deste relaxamento que ela precisava. Permanecemos um bom tempo de mãos dadas, cada um curtindo seus próprios pensamentos. Nos últimos dias, ela parecia preferir o silêncio, então passávamos longas horas calados pensando e repensando nossas vidas. Este balanço fazia bem também a mim. Haviam-se passado dois anos da minha saída do garimpo flutuante do Rio Madeira. Podia me dar por satisfeito, afinal só três malárias – uma por cada ano no garimpo – me castigaram, e assim o tempo vivido naquelas condições precárias deixou apenas poucas marcas no meu corpo. Nesta realidade tão diferente, a pátria Bulgária tinha ficado bem longe na distante Europa Oriental. Eu, Oleg Hazan, nasci na cidade de Sofia em 1948, logo depois do fim da Segunda Guerra Mundial. Sou filho de pai judeu búlgaro e mãe russa e, como não poderia ter sido diferente naqueles tempos, tive uma juventude bastante turbulenta. Primeiro foi o divórcio acidentado dos meus pais e a separação dolorosa da minha mãe, que voltou para perto da família dela em Moscou, fazendo com que nos encontrássemos apenas de ano em ano, nas férias de verão. Depois, foi a surpreendente queda do meu pai, David Hazan, importante membro da plutocracia do governo comunista pelo qual tinha lutado durante a guerra. Ele foi subitamente transformado em traidor e inimigo do regime e acabou preso por três longos anos. A mudança de vida foi tão brusca e gigantesca que, atônito e inseguro em um primeiro momento, perdi o chão por um bom tempo. Após a saída do meu pai da prisão, conseguimos atravessar a Cortina de Ferro, fugimos do paraíso comunista, e nos abrigamos em Israel. Ali, servi o exército e participei da guerra de Yom Kippur, uma experiência terrível, ainda que o conflito tenha sido curto. Depois, me formei engenheiro e iniciei minha vida profissional.

Só em 1985, já aos 37 anos de idade, a convite do meu tio Licco, emigrei para Brasil, onde trabalhei inicialmente na firma dos meus primos em Manaus, e depois na filial de Porto Velho, onde conheci os garimpos do Rio Madeira. A febre do ouro maldito me pegou de vez e meu próximo passo foi comprar uma draga e me tornar garimpeiro. A operação foi um sucesso relativo até a famosa Guerra da Prainha, quando bandidos, que eram muitos, atacaram o comboio de três dragas, por mim liderado. Tivemos sorte, uma dose de irresponsabilidade e muita garra e rechaçamos o ataque de forma tão avassaladora que, de um dia para o outro, me tornei herói, uma espécie de ídolo incontestável dos garimpeiros. Apesar da vitória e da fama, esse episódio me deixou desiludido com a garimpagem. Tanto é que não resisti nem um pouco à pressão da Alice, que queria me tirar de qualquer jeito daquela realidade perigosa e surreal, vendi a draga e abandonei o garimpo.

Nos mudamos para Manaus, onde iniciamos uma pequena operação de transporte fluvial para os interiores amazônicos e os estados vizinhos. Não demorou muito e nasceu nosso primeiro filho. David veio com a responsabilidade de honrar duas pessoas marcantes, por um lado, meu pai David Hazan – o combatente da resistência contra os nazistas e vítima das lutas internas pelo poder do partido comunista búlgaro –, e pelo outro, minha sogra, a encantadora cabocla dos olhos verdes Maria Bonita, sobrevivente do surto de febre amarela num seringal perdido no interior de Rondônia.

A pousada da dona Amélia estava tão cheia que a solução foi pernoitar na casa ao lado de apenas quatro quartos, pertencente a uma sobrinha do fundador da cidade de Normandia. Na hora do jantar, os hóspedes foram obrigados a escutar as intermináveis histórias da dona Benedita, proprietária da casa, que fazia questão de relatar o surpreendente passado daquele canto distante e esquecido do Brasil.

Tudo tinha começado com a chegada de Maurice Marcel Habert, no ano de 1948, nas proximidades do igarapé Wanamará, no sopé do monte Serra do Cruzeiro. O francês aventureiro, e experiente garimpeiro, era, também, ferreiro, serralheiro e hábil mecânico e soube identificar a localização estratégica do local que, além de tudo, parecia bastante propício para criação de gado e agricultura. De pronto, resolveu se estabelecer ali. Com o dinheiro ganho na garimpagem, comprou por uma ninharia o sítio inteiro de um ex-soldado da Força Expedicionária Brasileira. Saudoso da sua pátria, e em homenagem ao desembarque dos aliados na costa francesa durante a Segunda Guerra Mundial, ele denominou aquele lugar de Normandia. A escolha do local tinha sido tão boa que logo algumas repartições públicas viram ali boas condições para se estabelecerem. Logo, viria a ser construído um campo de pouso, depois o posto de saúde, a escola, o telégrafo e a delegacia de polícia. Assim, no sítio do Maurice Marcel Habert, nasceu a vila de Normandia.

A noite escondia muitas outras surpresas: Dona Benedita começou a contar a história das aventuras do tio dela e, por um instante, eu tive a sensação de estar sentado na poltrona do cinema. Não fazia muito tempo que tinha lido o livro e depois assistido ao filme "Papillon". A obra do Henri Charrière, fugitivo do inferno da Ilha do Diabo na Guiana Francesa, descrevia de forma realista e envolvente a luta obstinada do homem pela liberdade contra tudo e contra todos. Este tema tinha sensibilizado os leitores e conquistado a atenção do público mundial. A grande surpresa para todos na mesa da Dona Benedita foi que o fundador da Normandia tinha uma história tão fantástica quanto a do Papillon. Depois de três tentativas frustradas, acompanhado por mais dois fugitivos, o tal Maurice, prisioneiro 46841 na Guiana Francesa desde 1931, finalmente conseguiu chegar a Georgetown, capital da Guiana Inglesa. Com medo de serem devolvidos à França e na tentativa de ficar mais longe das Guianas – mesmo exaustos – os três fugitivos seguiram a pé, numa interminável e perigosíssima caminhada de meses cruzando a selva e inúmeras cachoeiras. Quase onze meses depois de iniciar a fuga, já no ano 1941, os três aventureiros entraram no Brasil e puderam se sentir mais seguros. Não conseguiram mais do que alguns serviços gerais nas fazendas de fronteira até a descoberta dos então incipientes garimpos do rio Maú. "O lugar, que pouco tempo depois o francês achou e conseguiu em dias coletar um chapéu cheio de diamantes, ainda hoje é conhecido como 'Mina do Maurício'" – explicou uma Dona Benedita, bastante orgulhosa do tio. Logo que entrei na atividade, aprendi a expressão "chapéu cheio" de diamantes ou de ouro, para dizer quando alguém bamburrava no garimpo.

Desde o começo do jantar, chamou a minha atenção um outro hóspede que, como eu, demonstrava certo interesse pelas andanças do aventureiro francês. Dava para perceber que o homem não escutava as histórias da Dona Benedita pela primeira vez. Tratava-se sem dúvida de um amigo da família Habert; pensei em um dono ou administrador de alguma fazenda de criação de gado. Era um homem alto e musculoso, pele queimada pelo sol, e o rosto magro iluminado por dois olhos claros, que contrastavam com os traços nitidamente indígenas. Mais estranho ainda, por baixo do inseparável chapéu de palha que permaneceu na cabeça dele durante todo o jantar, aparecia um cabelo castanho claro, quase loiro. Embora com aparência de bonachão, aquele homem não era de muitas palavras e se limitava apenas a balançar a cabeça toda vez que era invocado para confirmar algum fato contado pela dona da pensão.

Só depois do jantar, quando todos já se dirigiam para os seus quartos, Dona Benedita se deu conta de que nós não nos conhecíamos.

– Antônio Costa, dono da fazenda Santa Virgínia, a maior e mais bonita fazenda nas margens do Rio Surumu – apresentou.

– E vocês, forasteiros, pelos nomes e pela pronúncia, sei que não são daqui.

– Oleg Hazan – me apresentei. – Minha esposa, Alice, é natural de Rondônia, e eu sou estrangeiro há seis anos radicado no Brasil.

Expliquei que estávamos visitando esta parte do estado de Roraima atraídos pelas belezas naturais, e pela fama do lago Caracaranã. Contei que queríamos descansar após alguns meses difíceis por causa de uma gravidez problemática da Alice que, apesar de todos os nossos esforços, acabou perdendo a criança.

Assim aconteceu meu primeiro encontro com Antônio Costa. Eu não podia imaginar que, naquele momento, nascia uma amizade que marcaria nossos destinos e, muito menos, que nos próximos anos Normandia se tornaria palco de dramáticos acontecimentos que mudariam nossas vidas para sempre!

No dia seguinte, acordamos cedo, mas mesmo assim nem tivemos oportunidade de nos despedir dos nossos novos conhecidos, que já tinham partido. Antes de voltar à praia do Caracaranã, subimos a serra do Cruzeiro, que fica logo no limite da vila, e contemplamos o povoado de cima. Imaginei que em um dia de sol, dali do alto, podia-se ver até o Monte Roraima. Depois do almoço, quando, apesar do vento constante, o calor começou a incomodar, nos despedimos da dona Benedita e procuramos de novo o aconchego das verdes águas do lago. Era domingo de tarde e, como por uma mágica, a maior parte dos visitantes do lago tinha desaparecido, não se via mais nenhum avião e as centenas de carros agora estavam reduzidos a menos de uma dúzia.

Sr. Joaquim, proprietário da pousada, me reconheceu de imediato e logo nos ofereceu um dos, agora vazios, chalés. Para Alice e eu, que pretendíamos passar mais alguns dias na região, era um convite irresistível. Estava quase na hora do pôr do sol, momento especial e contemplado por muitos no Caracaranã. Durante aqueles poucos minutos, houve uma transformação da paisagem capaz de nos deixar de boca aberta: a luz do sol, no seu encontro com a água, refletia com tamanha intensidade que ficava difícil olhar para o lago. A tonalidade da água, normalmente verde-clara, mudou primeiro para uma cor muito mais escura, depois passou rápido pelas cores do arco-íris, até predominarem tonalidades de vermelho. Neste mesmo instante, a enorme bola de fogo, que devagar estava desaparecendo atrás da distante serra, iluminou o céu de um ângulo diferente. O espetáculo agora se mudou para o firmamento. Movidas pelo vento constante característico daquela região, as poucas nuvens brancas entraram num estranho jogo de formas e cores, dando a impressão de que tudo em volta estava em constante movimento. Esse espetáculo durou poucos minutos, depois o sol desapareceu por completo, mas por um tempo o céu ainda permaneceu iluminado até a chegada da escuridão.

Na hora do jantar, o restaurante – então vazio – pareceu um espaço muito maior. Quando entramos, somente uma das mesas estava ocupada, e logo reconheci a família do nosso novo conhecido. Ia cumprimentá-lo de longe, mas o homem alto se levantou, veio em nossa direção e nos convidou para nos sentarmos à mesa dele. Aceitamos, já de antemão sabia que Alice se enturmaria com Conceição e Antônio, ela sempre se destacou pela fácil comunicação. Conceição ostentava uma grande e empinada barriga e não parava de seguir os passos bamboleantes e inseguros de uma pequena menina, que chamava atenção pelos cabelos loiros, atípicos para aquela região, e pelos olhos verde-claros, da cor da água do lago. A menina logo conquistou Alice, para mim foi fácil perceber que minha mulher de alguma forma reconfortante se identificou com a mulher grávida, ainda mais porque era para ela estar na mesma situação. Seu Joaquim também se aproximou e trouxe consigo umas plantas de novos bangalôs que pretendia construir. Entendi que Antônio Costa e Joaquim Correa de Melo, proprietário da fazenda Caracaranã, eram amigos próximos apesar da diferença de idade.

– Joaquim na verdade era muito amigo do meu falecido pai, Mário. – Antônio se apressou a explicar – Mais de 15 anos atrás, quando tudo começou, meu pai ajudou seu Joaquim e o filho dele, Luiz Otávio, no planejamento da pousada. Nos primeiros anos, uma firma arrendava e administrava a propriedade, mas de alguns anos para cá os irmãos Correa de Melo tomam conta de tudo.

– Chegou a minha vez de retribuir. – Continuou Joaquim – Agora é Antônio que pede meus conselhos. Ele quer fazer uma pousada parecida com a minha lá no Rio Surumu, na fazenda Santa Virgínia.

Antônio contou orgulhoso que na frente da fazenda tinha quase 300 metros de praia de areia branca e que, ao lado da praia, avançava para o meio do rio uma enorme pedra. Segundo as palavras dele, tratava-se de um lugar único, além da beleza extraordinária, parecia um criadouro de peixes, das mais variadas espécies, que já atraía os pescadores da região.

Da minha parte, contei da chegada ao Brasil dez anos antes, dos primeiros tempos em Manaus, e depois do período em Porto Velho trabalhando na venda de caminhões e motores de popa, além da temporada de quase três anos nos garimpos do Rio Madeira.

– Aqui todos somos ou fomos garimpeiros pelo menos uma vez na vida. – Brincou Antônio – Meu pai comprou em 1933 a fazenda Santa Virgínia com dinheiro ganho da garimpagem de diamantes. Assim foi também com o francês, Maurice Habert, que fundou Normandia. Seu Joaquim Correa de Melo, que nos honra com sua presença, embora pecuarista tradicional, também tem alguma experiência com garimpagem. E olhe que ele também foi por algum tempo homem público: vice-prefeito de Normandia e juiz de paz do município. Quantos casamentos não se formalizaram só por causa dele nos anos setenta?

– Roraima é rica em minérios, ouro, diamantes, cromo, platina, níquel e até nióbio! – Confirmou Joaquim – Mas agora meu negócio não é mais o garimpo, o serviço público ou a política, só a minha pousada. Amanhã vou acompanhar Antônio até a fazenda dele e aí vou ajudar a escolher o local exato das cabanas e as outras instalações que precisam ser construídas. É melhor ter um concorrente amigo... Não tenho dúvidas de que há espaço para outra pousada. Roraima é muito carente de lazer e Caracaranã não consegue abrigar todo mundo e nós não pretendemos expandir mais.

– E você, gringo? Tua esposa já parece velha amiga da Conceição. Não quer vir conosco? Vai conhecer mais um pouco do nosso estado. A sede da fazenda é grande e vocês podem pernoitar lá! – O convite do Antônio nos pegou de surpresa.

Rio
Surumu

As três camionetas, todas de cabine dupla, veículos muito apreciados e comuns em Roraima, avançavam devagar na estrada RR-319 de piçarra malcuidada. Se fosse um carro só daria para andar bem mais rápido, mas a poeira levantada pelo primeiro, mesmo deixando uma boa distância, tirava a visão do motorista do segundo. O motorista do terceiro carro então tinha ainda maiores dificuldades para enxergar! Por sorte, os ventos no descampado do lavrado são fortes, mas mesmo assim a poeira saía de cima da estrada de forma lenta e preguiçosa. Em volta da estrada, o lavrado – com seu capim duro e amarelo e raras pequenas árvores e arbustos – se estendia até o horizonte. Chegando mais perto do Rio Surumu, a paisagem começou a mudar. Tanto que Alice e eu observamos surpresos o aparecimento de muito mais vegetação verde e até de algumas extensas plantações. Tinha ouvido falar na crescente produção de arroz que, nos últimos anos, estava revolucionando o panorama econômico do estado. Logo passamos ao lado de uma estreita estrada vicinal que ia para a fazenda "Providência", e outra para a fazenda "Tatu". Mais um pouco e os três carros empoeirados saíram da estrada principal no terminal da Santa Virgínia. A estrada estava em mau estado de conservação, mas faltava pouco... Estávamos chegando à sede da fazenda.

– Na época das chuvas deve ser um horror dirigir, mesmo com tração nas quatro rodas! – Passou pela minha cabeça que ali não seria muito fácil desenvolver qualquer atividade econômica sem antes melhorar o acesso.

Por conta da constante manutenção, dentro da propriedade a qualidade da estrada era muito melhor. Poucos minutos depois, as três caminhonetes passaram ao lado de um pequeno haras onde se viam alguns cavalos e, mais adiante, uma horta muito bem cuidada e um extenso pasto com uma centena de reses nelore. Logo depois, chegamos num espaçoso pátio que abrigava um velho caminhão e um trator – ambos pareciam fora de uso há tempos. No fim do pátio no alto do barranco, de um lado se erguia uma grande casa de dois andares toda de alvenaria, e do outro se abria uma vista para o Rio Surumu. Contei seis pastores alemães de porte grande que logo cercaram o carro do Antônio. Um deles, especialmente robusto, ficou de pé apoiado na janela do lado do motorista, que baixou o vidro e abraçou a grande e peluda cabeça. Deu para sentir o estreito laço que unia o homem ao animal.

– Te comporte, Sharo! Temos visita, nada de latidos ameaçadores!

Achei que não tinha ouvido bem; o nome do cão me lembrava algo há muito tempo adormecido na memória. Não deu tempo para perguntar qualquer coisa. Alice parecia deslumbrada com a vista fantástica que se abria do final do estacionamento: um lindo rio de águas escuras e calmas, vegetação farta e bem cuidada que se estendia até uma praia de areia fina e branca e, ao lado dela, exatamente no mesmo nível da areia, uma gigantesca pedra plana de cor escura, que avançava até o meio daquele curso d'água.

– Meu pai foi jardineiro, especializado em cultivo dos mais variados legumes por muitos anos ainda na Europa. Na Áustria, ele também aprendeu a arte de paisagismo e se especializou em flores. Por isso, este sítio parece um parque de tão bem cuidado. Só falta um castelo. – Disse Antônio, não fazendo questão de esconder o orgulho – Temos quase mil hectares de terra de boa qualidade, tudo legalizado e documentado. Plantando e cuidando bem, a fartura é garantida. Vocês viram os arrozais no caminho?... Eles rendem duas safras por ano e a produtividade aqui é compatível com a dos países asiáticos – continuou ele.

Naquele dia, Alice e eu ainda conhecemos o resto da propriedade, tomamos banho de rio e participamos da conversa entre Antônio Costa e Joaquim Correa de Melo. Palpitamos com entusiasmo na localização do refeitório e dos chalés da futura pousada. Todos concordávamos que tudo deveria ficar nos mesmos moldes da já comprovada eficiência da pousada do Lago Caracaranã. Espaço não faltava nem para um grande estacionamento, nem para o inevitável aeroporto para aviões de pequeno porte e ultraleves. Clientes não iriam faltar! Nos finais de semana, muitos garimpeiros se deslocavam dos locais de exploração de ouro e diamantes e procuravam lazer – bebidas, mulheres e festas. E ainda tinha os habitantes da capital Boa Vista e de Normandia.

A casa sede da fazenda se revelou muito confortável e bem ventilada. Durante a noite, a brisa constante garantiu temperaturas amenas sem necessidade de ar-condicionado. Um pequeno gerador fornecia apenas energia suficiente para iluminação e para funcionamento de duas geladeiras. Contei um só aparelho de ar-condicionado, que nem ligado estava.

Como que adivinhando meus pensamentos, o Sr. Joaquim opinou:

– Vai precisar de um grande gerador para iluminar e refrigerar todos os bangalôs; menos, é claro, na época da Cruviana, a deusa dos ventos. Conta a lenda que, durante a noite, ela se transforma em brisa geladinha e seduz os forasteiros, que acordam tão apaixonados, a ponto de nunca mais largar os domínios de Macunaíma. Temos a danada da Cruviana também no Lago Caracaranã.

A conversa se estendeu até tarde naquela noite. Antônio contou que o pai dele, Mário Costa, aos doze anos de idade perdeu primeiro a mãe de tuberculose e, quatro anos depois, já em Viena, próspera capital do Império Austro-Húngaro para onde tinham se mudado, faleceu também o pai de uma gripe misteriosa, que os médicos não conseguiram controlar. Repetiu que em vida, ele tinha sido um exímio jardineiro, no início especializado no cultivo de legumes, que com o tempo evoluiu para o cultivo das mais variadas flores. Contou que o avô era dotado de fértil imaginação e incontestável dom de decorador e assim em pouco tempo se tornou famoso como paisagista, profissão que, antes de morrer, ainda conseguiu ensinar ao filho que, de repente, se viu só no mundo. Foi atendendo ao convite de um rico diplomata português, para quem o pai tinha prestado serviços, que o jovem resolveu se mudar para Portugal, onde já tinha emprego garantido.

Na verdade, o inquieto Mário nem ficou muito tempo na cidade do Porto, onde morava seu protetor. Antônio não sabia explicar o porquê, mas certamente movido pelo espírito aventureiro, ainda falando um português precário, Mário decidiu vir para o Brasil, não para um lugar qualquer, mas para a Amazônia, na esperança de se tornar rico com o ouro negro – as bolas de látex que o mundo procurava cada vez mais.

Antônio sabia contar histórias. Delas nós ficamos sabendo que em 1912, com pouquíssimo dinheiro no bolso e aos 18 anos de idade, o pai dele chegou na cidade de Belém, entrada natural para a então misteriosa Amazônia. Ter conseguido um emprego de imediato foi classificado como sorte grande, não importava que fosse um contrato de trabalho num seringal no distante Rio Madeira, bem no coração da floresta. Mas mal sabia o jovem aventureiro que no fundo seria mais um infeliz passageiro do famoso navio "Justo Chermont", macabra embarcação que naqueles anos levou tantos nordestinos, portugueses e outros jovens na flor da idade para o abraço úmido e mortal da selva; para a degradação, humilhação e escravidão. Lágrimas se formaram no canto dos olhos do Antônio, mas com algum esforço ele conseguiu segurá-las. Ainda contou que o insuspeito imigrante nem poderia imaginar o que o esperava no seringal onde, por causa do isolamento, das distâncias enormes e a altíssima mortalidade, a mão de obra era sempre escassa. Naquele mundo surreal, por conta dos imensuráveis sacrifícios de muitos e muitos desafortunados, pouquíssimos seringalistas e comerciantes aviadores conseguiam acumular imensas fortunas. Os coronéis de barranco e os aviadores portugueses ganhavam rios de dinheiro com a produção e comercialização de látex, mas não dispensavam uma outra importante fonte de renda: a venda para os seringueiros de produtos e serviços a preços exorbitantes. Estes iniciavam a vida nova na Amazônia tentando pagar a dívida inicial contraída com a compra da passagem do Nordeste, rifle, munição e outras primeiras necessidades, para logo descobrir que ela nunca parava de crescer e logo se tornava impagável. De tanto pagar e sempre dever mais, os seringueiros fatalmente se transformavam em verdadeiros escravos brancos.

– Por uma ironia do destino, em outro seringal na mesma região, viveu por quatro longos anos também o jovem português, Ferreira de Castro, outro triste passageiro do "Justo Chermont". – Prosseguiu Antônio – O livro dele, "A selva", continua sendo o relato mais verídico e comovente daquela triste e vergonhosa realidade.

– Meu pai nunca falava sobre aqueles anos negros da vida dele. Temos poucos livros em casa, mas sempre, desde que me tenho por gente, tivemos "A selva". Nem sei como meu pai adquiriu este livro, mas percebia que o volume significava uma coisa muito especial para ele; ficava emotivo todas as vezes que o folheava. Só li este livro faz pouco tempo e daí tomei conhecimento de tudo que se passou nos seringais da Amazônia menos de um século atrás. É difícil de acreditar, mas só agora entendo a emoção que meu pai sentia lendo naquele livro sua própria história – confessou Antônio.

– Por algum tempo, meu pai e Ferreira de Castro, que a bem da verdade nunca se encontraram, devem ter tido vida bem parecida, até que em 1915, papai – ajudado pela sorte e pelo seu porte atlético, correndo risco de ser torturado, ou de simplesmente receber uma bala pelas costas – conseguiu fugir do seringal ainda na primeira tentativa, algo muito difícil de acontecer. O desespero deve ter sido tamanho que o jovem escravo branco, atolado em contas devedoras sempre crescentes, ignorou os perigos e arriscou a vida. Quem leu "A selva" entende fácil esta conclusão – prosseguiu Antônio.

– Amigo, me permita uma pergunta. – Interrompi o relato.

– Em que país nasceu teu pai? Áustria?

– Não, não. Ele nasceu num país novo no final do século XIX que, até então, por muitos anos, tinha sido parte do Império Otomano: Bulgária.

– Eu já imaginava. – Minha voz soou baixo. – Assim que ouvi o nome do teu pastor-alemão, eu já sabia. Na Bulgária todos os cães são chamados de Sharo. Teu pai foi jardineiro em Viena? Só poderia ser búlgaro! No final do século XIX, centenas de jardineiros búlgaros procuraram na Áustria uma vida melhor. E, por incrível que pareça, amigo Antônio, eu também sou búlgaro.

– É por isso então que a sintonia foi imediata! Dois búlgaros perdidos na distante Amazônia, parece lenda. – Eu e ele estávamos felizes – Desde que me lembro por gente, o tempo todo temos pastores-alemães na fazenda, e sempre o preferido do papai era chamado de Sharo. Cada dez ou quinze anos, com a inevitável morte deste cão especial, escolhíamos o filhote, que seria nosso novo Sharo. O atual é um dos melhores que já tivemos, pena que já está ficando velho, deve ter mais de sete anos de idade. Os nossos cães são de qualidade incontestável – abastecemos de filhotes várias outras fazendas.

– Tem uma ideia de qual era o nome original do teu pai? – Perguntei.

Sem responder, Antônio se levantou e entrou no quarto ao lado. Voltou logo com uma pasta antiga repleta de documentos:

– Aqui tem todos os documentos do meu pai. Alguns são os documentos brasileiros dele; outros, pelo que entendo, são escritos em alemão. E os demais num alfabeto que não consigo ler, deve ser búlgaro.

Abri a pasta e vi vários documentos amarelados, muitos realmente em alemão. Outros eram numa língua ainda mais familiar – búlgaro em escrita arcaica, e com formato de letras que não se usam mais. Demorou pouco e achei o que estava procurando:

– Marin Kostov, nascido em 15 de abril de 1894, em Draganovo, Veliko Tarnovo. Na Bulgária, naturalmente!

Santa Virgínia

– Pensando no alto investimento que vou ter que fazer para transformar Santa Virgínia em pousada, me vem à cabeça a necessidade de arrendar parte da propriedade. Não tenho dúvidas de que nossos vizinhos, os arrozeiros, estariam entre os interessados para comprar pelo menos uma parte, mas eu prefiro não vender. Somando minhas economias com os recursos obtidos do arrendamento, poderia pouco a pouco construir uma pousada do mesmo aporte e com a mesma qualidade da de Caracaranã.

Antônio era perspicaz, tinha percebido que Alice estava encantada com Santa Virgínia e que minhas perguntas revelavam algum interesse em investir naquela área e foi direto ao assunto com uma intimidade que só dois búlgaros-brasileiros teriam:

– Vocês estariam interessados em arrendar parte do nosso paraíso? Adoraria tê-los como vizinhos.

Com os anos, me acostumei com os modos diretos do Antônio, mas na época em um primeiro momento achei que ele queria me pressionar. Demorei para responder e medi minhas palavras com cautela. Expliquei que após a perda do nosso nenê estávamos pensando em procurar oportunidades fora dos grandes centros pelo menos por algum tempo. Alice, que nasceu e cresceu em um seringal no Rio Abunã, em Rondônia, adora a vida do campo e sente falta do contato mais direto com a natureza. Talvez aquela fosse uma boa oportunidade, confirmei.

– Pense mesmo em investir nesta região. Este nosso lindo e rico canto do Brasil, ao norte do Equador, ainda desconhecido e esquecido, irá desabrochar um dia. As terras por estas bandas ainda não valorizaram, mas não vai demorar muito, não. A verdade é que eu não arrendaria parte da nossa propriedade, se não sonhasse com a minha linda pousada.

Reconheci que o local era de fato espetacular! Tinha gostado muito da área, mas não fazia nem ideia do que poderia desenvolver neste grande espaço de terra... Me tornaria mais um arrozeiro? E ainda tinha esta história da demarcação da área e a inclusão de todas as terras da região em uma nova reserva indígena, o que implicaria na inevitável saída de todos os colonos. Mal toquei no assunto e Antônio veio com a resposta na ponta da língua:

– Se você vir a documentação que a minha família tem desde 1933 e o registro no INCRA, vai entender que a terra é indiscutivelmente nossa. Meu pai comprou dos primeiros proprietários, que foram assentados ali pelo governo brasileiro na época da grande seca de 1877 no Nordeste. Nós somos os donos legítimos sem nenhuma dúvida, ainda mais que somos mestiços – minha mãe era índia wapichana.

Tinha ouvido de muita gente em Boa Vista que os boatos que cercavam a criação da reserva Raposa Serra do Sol eram na verdade apenas barulho e que muita gente falava sem conhecer o assunto, alguns querendo ver os colonos em pé de guerra com os índios, mas que tudo indicava que na hora do "vamos ver" iria prevalecer o bom senso.

Por algum tempo, permanecemos em silêncio. Pedi duas semanas para pensar na viabilidade do negócio. Antônio aceitou na hora, e eu senti que ele me queria mesmo como parceiro.

Antônio ainda contou um pouco da fascinante história dos pioneiros que ocuparam o lavrado desde o final do século XIX. Todos eles tinham se enrabichado com as indiazinhas carinhosas. De acordo com o relato do Antônio, só o lendário Severino Pereira da Silva, mais conhecido como Severino Mineiro, pioneiro da mineração de ouro, e a índia Simaria tiveram dezenas de filhos, centenas de netos, bisnetos e tetranetos que vivem há um século na região serrana. Aprendemos que, embora a maior parte dos colonos venha do Nordeste, há colonos que são uma combinação de alemão com índio, outros são descendentes de holandeses e até de japoneses, sempre misturados com nativos.

– Um dia vou te apresentar aos descendentes do Nelson Doy. Nelson era japonês, nascido no Japão. Imagine só a mistura de sangue japonês com nordestino e índio! – Antônio continuou falando no seu tema predileto.

Estávamos assentados na varanda da casa-sede, donde podíamos contemplar a vista para o Rio Surumu. Lá embaixo, na praia, Alice e Conceição estavam atravessando o areal, em direção à grande pedra.

– Vamos nos juntar a elas. – Sugeri – Quem sabe vamos repetir este programa muitas vezes no futuro. – Rimos descontraídos.

Só alcançamos as mulheres já no final da pedra, que ficava bem encravada no curso de água. Daquele lugar, eu podia entender porque pescadores da região preferiam essa posição ideal para arremessar e alcançar os cantos mais desejados em todas as direções. Para um bom arremessador armado de vara e molinete era difícil imaginar lugar melhor! A pousada iria ser sucesso na certa – o local daria uma excelente atração turística.

Apesar da estrada ruim até a BR-401, a viagem de volta a Boa Vista transcorreu sem maiores problemas. Por um bom tempo permanecemos calados, mas logo transpareceu que ambos estávamos ansiosos para discutir a surpreendente oferta do Antônio Costa. Estávamos encantados com a beleza selvagem da fazenda Santa Virgínia, e concordávamos que a área era absolutamente deslumbrante, além do solo naquele lugar aparentar ser bastante fértil, como comprovavam as plantações de arroz vizinhas e o jardim plantado por Mário Costa. Precisávamos ainda avaliar o custo da transformação de parte da fazenda em uma lucrativa plantação de arroz. Apesar das dúvidas, na chegada em Boa Vista, já estávamos decididos: iríamos mergulhar no desafio e mudar de vida. Aproveitaríamos os próximos anos, enquanto nosso filho David com apenas três anos de idade ainda não precisava ir à escola, e viveríamos o sonho de uma vida tranquila no meio daquela natureza maravilhosa.

Assim, mais rápido que se poderia esperar, a fazenda Santa Virgínia foi dividida em três pedaços: a área central próxima à casa-sede se tornaria a pousada. A área à esquerda da entrada comportaria o estacionamento, o aeródromo, o pasto principal dos cavalos e do gado nelore e uma pequena, mas caprichada plantação de legumes variados. Por fim, o outro lado da pousada – mais fácil para irrigar – seria transformado em uma plantação, denominada de bate-pronto por Alice, de Arrozal Shalom.

Durante a assinatura do contrato de arrendamento, ficamos admirados com a farta documentação muito bem guardada pelo Mário Costa. Chamava atenção que o documento mais antigo informava o nome do primeiro proprietário da gleba que foi ocupada desde o ano de 1877. Os herdeiros dele a venderam em janeiro de 1933 ao segundo proprietário, Mário Costa. Além da escritura daquele ano, tempos depois, em 1954, foi lavrado o registro do imóvel no cartório de Boa Vista. A escritura continha a descrição exata da localização da fazenda Santa Virgínia, inesperada para a época, e era acompanhada por farta documentação do Instituto de Colonização e Reforma Agrária. Tudo era absolutamente legal, com o devido registro no cartório e no INCRA. A fazenda fazia parte do espólio de Mário Costa em favor do único herdeiro, o filho Antônio. A documentação não poderia ser mais perfeita!

Para viabilizar a operação, concordamos que Alice, David e eu ficaríamos hospedados no primeiro ano na casa-sede, enquanto construíamos uma moradia junto aos chalés da pousada e estruturávamos a plantação de arroz. Esta tarefa se revelou fácil de realizar, uma vez que na região havia mão de obra experiente: índios habitantes das malocas próximas já tinham trabalhado nas outras fazendas.

Com menos de um ano, assistimos emocionados aos primeiros brotos de arroz surgindo do solo. Enquanto isto, a pequena moradia de três dormitórios, sala e cozinha tomava forma. Paralelamente, surgiam também as primeiras construções da pousada; o processo de rápida construção foi favorecido pela escala maior de entrega de materiais simultaneamente para ambas as obras. Mesmo assim, construir no Rio Surumu não era tarefa fácil: os materiais vinham de longe; a maior parte até mesmo de Manaus e São Paulo.

Foi interessante constatar como as poucas opções de lazer existentes no Estado de Roraima ajudaram no sucesso quase que imediato da pousada. Com poucos meses de funcionamento, nos fins de semana, Antônio podia sempre contar com quatro ou cinco avionetas no aeródromo improvisado, e pelo menos duas dúzias de picapes. Antônio tinha consertado o velho trator que sem parar fazia a manutenção da estrada, agora em estado bastante melhor. Naqueles tempos de muito trabalho e muito entusiasmo, Alice se divertia medindo o sucesso da família Costa todas as semanas pela quantidade de grades vazias de cerveja que se amontoavam a cada segunda-feira esperando a reposição.

Após dois anos de plantação de arroz, veio a primeira safra mais significativa, e pareceu que tudo correria ainda melhor nos próximos anos.

Neste espaço de tempo, tínhamos conhecido boa parte da região: a pequena aldeia indígena que ficava próxima aos limites da Shalom, e também as outras fazendas do lugar. As plantações de arroz mais prósperas e bem organizadas eram as fazendas Canadá, Depósito,

Tatu e Providência no Rio Surumu; a fazenda Carnaúba, que ficava bem na junção dos Rios Surumu e Tacutu, e a fazenda Realeza, também no rio Tacutu. Ainda existiam algumas lavouras menores nas várzeas do rio Cotingó. Com menos de quinze anos de presença na área, as plantações de arroz já representavam um dos setores mais importantes da economia do estado de Roraima, com vendas garantidas nos estados vizinhos de Amazonas e Pará.

Adotamos o mesmo procedimento que era comum na área: uma vez por mês, índios entravam pela cerca e levavam um boi que serviria para atender às necessidades da maloca; era uma tradição seguida por quase todos os fazendeiros, de sorte a manter a política da boa vizinhança. Era um preço pequeno pago pela paz. Como não dispúnhamos de rebanho, pagávamos a Antônio o equivalente a meio boi todos os meses. Naqueles anos, a convivência com os índios ainda era bem pacífica. Alguns índios da maloca trabalhavam na plantação de arroz e parecia que as boas relações se manteriam por muito mais tempo. O contato quase que diário despertou o nosso interesse de saber mais e entender melhor o modo de pensar e agir deles.

Quando criança, no seringal "Quatro ases", Alice conheceu índios, só que a lembrança era muito vaga. A bem da verdade, a mãe adotiva dela, Maria Bonita, não escondia que descendia de uma tribo do Rio Purus, só que ela nunca tinha morado com a tribo e nem falava a língua deles. Em Rondônia, eu também tinha encontrado índios que trabalhavam no garimpo, mas o contato sempre foi superficial.

Na época da segunda colheita de arroz, a mãe da Alice, Maria Bonita, e o marido, Roberto, se mudaram para Boa Vista e, como não poderia deixar de ser, se tornaram visitantes frequentes da pousada Santa Virgínia. Roberto, professor de História na Universidade de Glasgow, finalmente tinha conseguido uma vaga de professor na Universidade Federal de Roraima para alegria da esposa amazonense, e o casal trocou os gelados invernos europeus pelo calor brasileiro. A súbita proximidade da mãe foi um grande alento para Alice. Roberto então providenciou alguns livros sobre a história de Roraima e também alguns trabalhos e teses de professores da universidade, que nós devoramos. Alice e eu precisávamos compreender melhor a história do estado, que agora era nosso lar.

Assim, conhecemos um pouco da colonização do Vale do Rio Branco, história infame deveras semelhante à história da colonização da Amazônia. Ao longo dos últimos séculos, aquela fronteira da civilização com as terras novas sempre foi marcada pela inevitável falta de mão de obra, sempre associada e solucionada através de algum tipo de escravidão; seja de negros oriundos da África, seja dos facilmente localizados e capturados índios. Como os africanos vinham de muito longe e custavam muito caro, em Roraima tinha sobrado para os índios a árdua tarefa de servir aos intentos exploradores dos colonizadores.

Havia uma gritante semelhança entre o desenvolvimento da Amazônia na época da borracha e a ocupação do lavrado roraimense, que por séculos fez parte do estado do Amazonas e somente em 1944 foi transformado em Território Federal. No passado, por meio do comércio escravista comum na América Portuguesa, inúmeros grupos indígenas da Bacia do Rio Branco tinham sido desarticulados e praticamente dizimados. Os colonizadores europeus trataram os índios como animais selvagens e sem alma. De acordo com os registros oficiais, a Coroa Portuguesa legalizou a escravidão dos índios somente em 1611 e a aboliu em 1775, mas na verdade os maus tratos duraram muito mais tempo. Durante todos esses anos, contra sua vontade, eles eram transferidos para comunidades, povoados e aldeamentos fundados em regiões distantes dos seus grupos de origem, donde nunca mais conseguiam voltar para o convívio de suas tribos. Assim, eram escravizados, manipulados e explorados pelos capitães de aldeia e pelos religiosos que se apresentavam como seus salvadores.

Descobrimos horrorizados que a colonização do Vale do Rio Branco tinha sido uma sequência de crueldades da pior espécie. Os nativos foram tratados como animais de trabalho, e as mulheres ainda tinham o triste e obsceno destino de escravas sexuais. Nestas condições, apareceram naturalmente as revoltas sangrentas, e os conflitos entre os índios e não índios. Das conversas com Roberto, Alice e eu soubemos das três grandes revoltas, sendo a última em 1798, seguida do massacre da Praia do Sangue, uma chacina que, de tão grande, tingiu de vermelho as águas do Rio Branco! Esta vergonhosa e covarde demonstração de força dada pelos portugueses – apelidada de "guerra justa" – teve consequências desastrosas: os índios migraram em massa para a então Guiana Inglesa. Passaram-se anos para alguma atividade econômica retornar ao Vale do Rio Branco. No final do século XIX, no baixo Rio Branco perto do encontro com o majestoso Rio Negro, iniciou-se a exploração da borracha e da balata, extraídas em regime de semiescravidão, principalmente pelos macuxis e wapixanas que, embora em número menor, ainda se encontravam naquela região. Por volta de 1877, a seca do Nordeste provocou grande fluxo migratório para a Amazônia. A política oficial do governo brasileiro na época visava solucionar o problema da seca, enquanto incentivava o rápido povoamento dos vazios demográficos. Conhecendo os fatos da história era, sem dúvida, mais fácil entender por que eram daqueles tempos muitos dos títulos de propriedade da terra, e também os inúmeros casamentos de colonos com índias.

A bem da verdade, logo que mudei para cá não era capaz de distinguir um índio do outro e pouco sabia sobre eles. Com o passar do tempo, me interessei, fui pesquisar, perguntava para todo mundo que encontrava e parecia saber e assim hoje tenho algum conhecimento das origens, dos hábitos e do passado deles. Calculo que atualmente, na área específica da Raposa Serra do Sol, vivem cerca de dezenove mil índios de cinco etnias, a maioria deles macuxis já bastante aculturados. Mas há também os ainda selvagens ingarikó da Serra do Sol que mantêm contatos esporádicos com a Funai, com os militares e com os garimpeiros que passam por suas terras. E ainda há os wapixanas, patamonas e taurepangues todos eles com características distintas e grau de aculturamento diferente. Com Roberto, aprendemos que os indígenas da bacia amazônica são originários de três troncos étnicos, que falam línguas distintas: Tupi, Aruak e Caribe. Na época dos embates pela descoberta da América, perseguidos pelos invasores europeus, os taurepang e os macuxis, hoje a tribo mais numerosa, fugiram do Caribe seguindo a bacia do rio Orinoco. Em sangrentas guerras intertribais eles expulsaram e dizimaram as outras tribos que encontraram pelo caminho, como os wapixanas, que falam uma língua diferente, de origem aruak. Os macuxis foram os primeiros a usar armas de fogo e assim não tiveram dificuldade de vencer várias guerras contra as etnias que ousaram enfrentá-los.

Só agora, conhecendo melhor a história, começamos a nos dar conta de que as feridas do passado ainda não tinham cicatrizado por completo e que, com o tempo, o sentimento de animosidade entre colonos e índios iria voltar a se manifestar mais fortemente. Não bastasse, não faltavam insufladores que vinham de várias ONGs e até alguns órgãos oficiais do governo federal. Por fim, também existiam demonstrações de incompreensão e racismo da parte de alguns colonos, embora fosse comum que outros vivessem em paz e harmonia com as tribos que os cercavam. Tudo isso nos deixava preocupados, estávamos gostando muito da nossa nova vida.

Era apenas previsível que, após alguns anos de convivência que se podia dizer pacífica entre colonos e índios, o conflito para a demarcação final da reserva indígena Raposa Serra do Sol iria ressurgir com força muito maior.

Raposa
Serra do Sol

Muito mais rápido que se podia imaginar, a pousada Santa Virgínia se tornou popular entre os moradores de Boa Vista e entre os garimpeiros que cruzavam os céus de Roraima nos seus pequenos aviões. Os fins de semana eram bastante movimentados e, como era de se esperar, aumentaram os problemas causados por visitantes que se excediam na bebida. Um dia, o tuxaua da pequena aldeia indígena que ficava perto da pousada procurou Antônio Costa e se queixou das frequentes invasões de visitantes da pousada nas terras próximas à aldeia dele. Foi nessa visita que conheci o tuxaua Genival e fiquei agradavelmente surpreendido com a simplicidade e sabedoria do velho cacique. Conversamos tempo suficiente para eu contar ao índio sobre nossa chegada em Roraima e sobre nosso encantamento com a Fazenda Santa Virgínia. Contei um pouco sobre a perda do nosso filho e como Alice tinha superado o trauma com a mudança de vida da cidade para a fazenda. Na despedida, parecia que nos conhecíamos há muito tempo, e fiquei com a nítida impressão de que, dali para frente, teria uma boa convivência com o velho tuxaua. Na despedida, meio que sem nexo com a conversa amigável até então, o velho me chamou para o lado; chamou também o Antônio e disse inquieto:

– Canaimé fica muito forte otra vez. Vai tê guerra e esta vez índio vence. Vence, mas fica mal pra ele e pra branco.

Esperei Genival se distanciar e então perguntei a Antônio quem era este tal de Canaimé.

– É uma lenda antiga! – Respondeu. – Um ser temido pelos índios e por muitos de nós. Todas as coisas ruins são causadas por esse canibal perverso, meio homem, meio bicho. Alguns acham que não se trata de um indivíduo, mas de uma tribo de descendentes do deus do mal. Seja o que for, o tuxaua prevê tempos mais difíceis.

Não sei por que, talvez pela fala mansa, o tuxaua me lembrou a figura lendária do estadista indiano Mahatma Gandhi. Não existia nenhuma semelhança física, mas eu fiquei o tempo todo com essa sensação.

No dia seguinte, no fim da tarde, como costumávamos fazer em dias de semana, quando não havia visitantes na pousada, Alice e eu nos dirigimos para a Pedra Grande, que ficava bem próxima à sede. Eu gostava de pescar naquele lugar mágico exatamente na hora do pôr do sol, quando a grande estrela parecia mergulhar nas águas do Rio Surumu. A pesca era só um pretexto; naquela hora, sempre ficávamos conversando e namorando, fascinados com os raios do sol que se espelhavam em cima da água escura do rio e se multiplicavam de tal maneira que ficava difícil enxergar alguma coisa! De repente, lá longe, no meio daquela explosão de luminosidade, apareceu sobre a água do rio um vulto, que estava se aproximando. Demorei para entender que se tratava de uma pequena ubá com um homem se equilibrando de pé segurando um volume do tamanho de uma caixa de sapatos, enquanto uma outra pessoa remava na proa. Somente quando a ubá chegou perto da pedra, reconheci o tuxaua Genival que acenou e, com habilidade, encostou a canoa rudimentar, feita de árvore, na pedra e desceu. Sem falar uma palavra sequer, o índio entregou a Alice o pequeno volume que segurava nos braços envolto em uma camiseta bastante surrada. Sem entender nada, estupefata, ela observou o seu conteúdo: um pequeno ser que se movimentava e resmungava baixinho; um minúsculo neném recém-nascido com o rosto marcado por picadas de mosquitos, formigas e outros insetos.

– Teu curumim morreu, Dona Alice, e tua casa é triste. Não tem nem chorinho pra chupá peito, nem nada. Troxe este curuminzinho pra tu e troxe sobrinha, Araci, que tá cheia de leite. Curumim é teu! Cuida dele; tá fraquinho e pequenininho. – A voz do tuxaua soou solene.

Surpresa e meio que sem saber o que fazer, Alice olhava para a criança e depois para mim esperando que eu a ajudasse de alguma maneira.

– É da tua sobrinha? – Ela perguntou baixinho.

– Não, não! Curumim é de otra cunhantã com garimpeiro que passô por aqui e foi embora. Ela não tem como cuidá dele. Sobrinha pode ficá uns dia pra ajudá. Com mãe dele mesmo, curumim vai morrê. – Enfatizou o tuxaua.

A criança começou a resmungar. Alice a desenrolou da camiseta e examinou aquele pequeno ser com marcas de ferroadas por todo o corpo. Os olhos, de cor não definida, ainda não enxergavam. Ao segurá-lo, o pequeno sentiu o calor da Alice e se aquietou. Pareceu que alguma força estranha uniu os dois corpos, e percebi que Alice tremia de maneira incontrolável.

– Vamos ficar com ele! – Foi a resposta espontânea dela em voz baixa; quase um murmuro. Ficou claro que a decisão já estava tomada: era isto que ela queria. Nesse mesmo instante senti que além de mais um filho tinha encontrado a cura definitiva da mulher amada.

– Tomara que Deus nos ajude! – Ainda passou pela minha cabeça.

O tuxaua amparou a sobrinha a descer na pedra e, sem demora, entrou na ubá. Com movimentos lentos, mas ainda vigorosos para um homem da idade dele, ele começou a remar até que, em poucos minutos, desapareceu ao alcançar a próxima curva do rio. Assim, totalmente de surpresa, Alice e eu ganhamos nosso segundo filho, Benjamim.

– Deve ser uma criança indesejada. – Sentenciou Antônio, quando viu a pequena criatura e explicou que as vezes esses tipos de criança, resultado de algum relacionamento fugaz de uma menina ingênua com pai praticamente desconhecido não são bem-vindos, e são abandonados em algum lugar longe da maloca, pois as mães não podem cuidar deles. Por isso, as inúmeras picadas de insetos. O resto da tribo sabe do que está se passando, mas faz cara de paisagem e não toma nenhuma providência!

– Esse é o procedimento tradicional de algumas tribos. Na certa, Genival, que é um cara de bom coração, lembrou-se de vocês e resolveu salvar este pequeno ser. – Continuou Antônio.

O neném demorou mais de duas semanas para recuperar peso e ter aparência saudável. Junto com a recuperação da criança, eu podia sentir o desabrochar de Alice.

O mais novo membro da família mudou a rotina de todo mundo: Alice passava os dias ocupada com a criança, e eu interrompia os trabalhos na plantação para almoçar em casa.

Enquanto a família vivia este momento de felicidade, a plantação de arroz também prosperava: ela quase dobrou de tamanho em um ano, e a perspectiva era de que crescesse mais ainda.

Uma das primeiras coisas que logo aprendemos era que para se locomover dentro e fora da fazenda – além da camioneta com tração nas quatro rodas – iríamos precisar também das quatro patas de um bom cavalo. Era obrigatório aprender a cavalgar, algo que era completa novidade para Alice e para mim. Antônio se revelou um excelente professor e assim, depois de algumas aulas, e meses de curtos trotes e galopes, as dores intensas que sentíamos pelo corpo depois de cada treino começaram a diminuir... Não demorou para descobrirmos que esta seria a parte mais agradável da vida na fazenda. Andar a cavalo se tornou um dos principais lazeres e, por isso, atendendo à recomendação do Antônio, adquiri em Boa Vista três éguas da raça manga-larga.

– Mas por que você só recomenda éguas? – Estranhei. – Vejo, que você também só tem fêmeas. Que discriminação é esta?

Antônio sorriu e respondeu:

– Você vai ver o porquê da "discriminação" logo, logo.

Poucos dias após a chegada dos animais, Antônio nos convidou para um passeio fora dos limites da fazenda. Era a primeira vez que saíamos tão longe a cavalo e podíamos sentir de perto a envolvente natureza selvagem do lavrado. A planície parecia que não tinha fim; estava coberta de capim, quase totalmente seco, cuja cor amarela se estendia por muitos quilômetros até a serra distante, apenas interrompida pelo verde escasso de raras pequenas árvores que, de tão depenadas, quase não produziam nenhuma sombra. Mesmo assim, aproveitando esse pequeno alento do sol inclemente, nos pés da maior parte destes arbustos, se erguiam estranhas edificações: enormes casas de cupim, quase da altura de suas árvores protetoras. Centenas – talvez milhares – destas construções se estendiam até onde a vista chegava. Para todos os seres vivos, com exceção talvez para os cupins e tamanduás, este enorme território seria totalmente inóspito; quase um deserto.

– É impressionante e inacreditável que estas estepes façam parte da Amazônia, mesmo tendo clima, relevo e outras características tão diferentes do resto das planícies cobertas por densa selva que cercam o grande rio e seus afluentes! – Contemplei enquanto contornávamos as enormes casas de cupim.

– Esta visão desolada muda por completo na época das chuvas, entre abril e setembro, quando, por falta de drenagem, a parte mais baixa da planície fica coberta por uma fina lâmina de água. – Informou Antônio. – O deserto que estamos vendo agora, no verão, se transforma em um imenso alagado no inverno.

Era surpreendente que estávamos a poucos quilômetros do Rio Surumu, e a paisagem já era tão diferente.

Sabíamos que ainda mais ao norte o relevo muda outra vez, e aparecem os Tepuis, montanhas com platô em forma de mesa na parte de cima, que têm como representante mais famoso o Monte Roraima. Fazia parte dos nossos planos uma visita àquela montanha misteriosa, que diziam ser de beleza inigualável.

Nesse instante, percebemos um vulto de animal grande passando entre os enormes cupinzeiros.

– Não façam barulho. – Pediu Antônio em voz quase não audível. – Demos muita sorte. Uma manada de cavalos lavradeiros está bem na nossa frente, atrás dos cupinzeiros. Vocês vão ver uma coisa extraordinária e vão entender por que compramos só éguas.

Avançamos com cuidado e, de um lugar um pouco mais elevado, ganhamos uma vista maior do lavrado. Na nossa frente se encontrava um grupo de aproximadamente dez cavalos, todos de pequena estatura, que chamavam atenção com suas longas e despenteadas crinas.

– Lavradeiros! Já tinha ouvido falar deles, mas nunca pensei que um dia ia chegar tão perto. – Alice estava eufórica.

– A verdade é que quando convidei vocês para este passeio eu já sabia que os lavradeiros estavam por aqui. A rádio "peão" funciona bem nestas bandas. – Brincou Antônio.

– Não vamos conseguir chegar muito mais perto porque eles são muito ariscos e, na hora que nos enxergarem, vão galopar para longe.

Com voz baixa, Antônio explicou que mesmo só comendo o capim seco do lavrado, chamado pelo povo de "fura-bucho", o lavradeiro é super-resistente, muito mais até que os mangas-largas e outros puros-sangues. Aprendemos que se trata de animais pequenos de altura que nem chega a um metro e meio, mas capazes de percorrer enormes distâncias em alta velocidade.

– Durante a seca, são obrigados a andar dias para encontrar água. – Contou Antônio. – Já na época da chuva, ficam meses com as patas imersas dentro da água que cobre o lavrado. Provavelmente por isso têm cascos super-resistentes; daí o apelido de "pé-duro".

– Li em algum lugar que esses cavalos descendem dos cavalos trazidos pelos portugueses uns trezentos anos atrás. – Lembrei admirado. – Mas, ainda não entendi qual é a explicação do porquê de nós só comprarmos éguas.

Antônio riu e revelou o segredo: em geral, esses cavalos andam em manadas de oito a dez fêmeas e só um macho. Este único garanhão é tão macho, mesmo, que serve todas as suas fêmeas e ainda não dispensa outras que encontra no caminho.

Aprendemos ainda, que as éguas do nosso amigo eram todas resultado de múltiplos cruzamentos de lavradeiro com manga-larga; assim ele conseguia cavalos resistentes com todas as qualidades ímpares da raça pura roraimense. Era só soltar éguas no cio perto da manada que o tarado garanhão lavradeiro agradecia e as cobria de imediato.

Minha Mãe

Outro acontecimento também marcou as vidas das nossas famílias nessa mesma época: a reaproximação com Irina, minha mãe, após o súbito desaparecimento do meu pai, David. Na verdade, apesar da longa separação de vinte anos, nunca deixei de manter contato frequente com ela por meio de cartas. A separação iniciou logo após o divórcio, quando minha mãe voltou a Moscou, enquanto eu permaneci com meu pai em Sofia onde cursava física na Universidade Kliment Ohridski. O casamento tinha fracassado, mas meus pais não guardaram mágoas e ressentimentos. Parecia uma história comum de separação amigável onde o filho crescido passa temporadas com cada um dos pais. Ninguém poderia imaginar que, logo em seguida, pelos caprichos do regime comunista, meu pai, David, seria acusado de ter revelado segredos tecnológicos da Bulgária para firmas privadas do Ocidente, perderia o posto importante que ocupava no governo, e acabaria preso por quase três anos. Depois do cumprimento da sentença, em uma fuga espetacular do paraíso comunista, papai e eu conseguimos atravessar a Cortina de Ferro e obtivemos abrigo em Israel. Minha mãe nunca teve algum tipo de envolvimento direto com nada disso – ela acompanhou o desenrolar desta trama de longe. Mesmo na época da universidade em Israel, os três anos de exército, e minha temporada nos garimpos do Rio Madeira em Rondônia, a troca de correspondências – tinha certeza de que a KGB sabia de tudo o que falávamos – tinha sido constante, embora a possibilidade de encontro pessoal nunca tenha existido. Enquanto sofria com a ausência do filho, Irina, ainda jovem e atraente, conseguiu reconstruir sua vida, casou-se de novo e iniciou uma nova família.

Então, quase quinze anos depois da prisão do meu pai e apenas dois anos após a morte dele o milagre aconteceu: o incrédulo mundo, atônito e de coração na mão, acompanhou a surpreendente queda do vergonhoso Muro de Berlim, e o desaparecimento da União Soviética. Com o fim do regime rígido e opressor, finalmente o caminho estava livre para mim e minha mãe nos reencontrarmos.

No início de maio de 1994, em plena época de chuva em Roraima, quando o trabalho na plantação de arroz diminui de forma drástica, e quando o intenso frio do inverno russo cede lugar à primavera colorida, iniciei a longa viagem do interior de Roraima à Rússia. Alice e as crianças, que eram pequenas para uma aventura tão longa, ficaram na fazenda na companhia da família Costa. Para os habitantes de Roraima em seus deslocamentos, Manaus sempre é uma parada obrigatória. Fazia um tempo que, ocupado com a plantação, não viajava para fora do estado, e aquela foi uma oportunidade de passar um Shabat em família com o tio Licco e os primos Daniel e Sara. Todos queriam saber notícias da Alice e das crianças e tinham curiosidade sobre meu novo negócio. Era tão gostoso me sentir parte de uma família bem maior! A vida na fazenda era sem dúvida agradável, mas também bastante solitária. Me senti feliz de estar de volta ao convívio de pessoas queridas que me queriam bem. Precisava de conselhos, sugestões e soluções que os poucos interlocutores, nos últimos tempos, não poderiam vislumbrar. Eu sabia que a necessidade de educação escolar de boa qualidade para as crianças nos levaria muito em breve a mudanças de hábitos e de estilo de vida. Ainda mais difícil que a escola seria manter as tradições judaicas no mundo isolado do lavrado roraimense! A fazenda Santa Virgínia era ainda nosso lar, por enquanto. Nada faltava, mas muito em breve as necessidades seriam muito diferentes.

– E a polêmica sobre a demarcação? – Queria saber Licco que, apesar da idade, se mantinha bem informado.

Expliquei que a polêmica é necessária para chegar a uma demarcação que traga segurança e faça sentido para todos, índios e não índios. Insisti que Roraima ainda não tem base econômica sólida; quase todo mundo trabalha para algum tipo de governo, seja federal, estadual ou municipal e não precisa ser brilhante para se perceber que não é uma boa prática e que, um dia, vai ter que se pagar caro por este modelo perverso. Ainda mais que metade do território do estado já é reserva indígena e não produz quase nada.

– Neste quesito, Roraima é a pior unidade da União. Todos os habitantes dependem do governo e, apesar das imensas riquezas minerais e potencial agrícola, só agora começa a aparecer alguma atividade sustentável como a dos rizicultores. – Daniel também conhecia bem a realidade do novo estado da Federação brasileira.

Ele não estava nem um pouco confiante de que a necessidade de criar trabalho e gerar riquezas iriam influenciar a decisão judicial. Na opinião do Daniel, as riquezas naturais do Brasil são tão grandes que sempre compensam os descasos administrativos dos governantes. Não tinha como não concordar! Nossas elites, em todas as esferas, quase nunca incentivam as atividades produtivas e geração de riquezas. Até parece que a qualidade de vida que todos almejamos é um direito e não uma conquista do esforço diário de todos nós. Até parece que, basta este direito constar no texto da constituição, e a um passo de mágica o desfrute estará automaticamente assegurado.

– Também temos nossos problemas econômicos aqui em Manaus. – Emendou Licco. – Por muitos anos, o modelo "Zona Franca" escondeu a realidade de que, fora as indústrias de montagem, não temos nenhuma outra atividade econômica que possa viabilizar nosso estado. Com pequenas e honrosas exceções, o interior amazônico é um imenso vazio econômico sem presente e futuro.

Logo percebi que meus primos estavam preocupados mesmo com o futuro da Zona Franca de Manaus, que só parece viável a longo prazo, se os impostos brasileiros continuarem altos para sempre. Daqui a dez ou vinte anos, um Brasil moderno e próspero pressuporá impostos mais baixos. Se nada for feito, quando isso se tornar realidade, a economia amazonense, que depende da isenção destes impostos, se tornará totalmente inviável.

– Até agora, nós não nos preparamos para este momento e, assim, um belo dia, podemos voltar a ser o porto de lenha que já fomos. – Daniel expressou o receio de todos.

Contei um pouco das minhas experiências amazônicas em que sempre observo com preocupação a falta de planejamento econômico a médio e longo prazo para a região. Em vez do desenvolvimento sustentável por meio de atividades econômicas planejadas, legalizadas e controladas, preferimos deixar as coisas acontecerem por si. Em vez de mineração, preferimos a garimpagem, que explora as riquezas de maneira rudimentar e ineficiente, a um custo ambiental altíssimo e sem controles efetivos. A impressão que fica é de que os nossos órgãos de proteção ambiental se recusam a funcionar – em vez de fiscalizar, preferem proibir qualquer atividade produtiva e, assim, comprometem decisivamente a preservação da Amazônia.

– O exemplo mais gritante é a estrada Manaus. – Porto Velho; única ligação de Amazonas e Roraima por terra com o resto do Brasil. Os órgãos ditos competentes não permitem a manutenção desta estrada já existente alegando que ela, uma vez funcionando como deveria, vai trazer efeitos nocivos para a floresta. Subentende-se que os órgãos ambientais não se julgam competentes para exercer sua função natural de fiscalizar a região em volta da estrada. Nem que por isto alguns milhões de pessoas paguem o preço do isolamento. – Lamentou Licco.

Ele se referia à frustração dos habitantes da Amazônia com as políticas públicas para a região, que indicam uma absoluta falta de conhecimento e compreensão. Todos sabemos que a imensa biodiversidade amazônica poderia fornecer novos remédios, cosméticos e só Deus sabe o que mais, tanto para os caboclos, que vivem aqui e precisam de emprego, quanto para o resto da humanidade.

Só que a burocracia criada pelos falsos guardiões da floresta é tamanha que na prática nada sai do papel!

– O que diz a nossa juíza? – Eu queria saber a opinião da Sara, que era juíza de Direito da Vara da Fazenda Pública do Estado do Amazonas.

– Voltando à Raposa Serra do Sol, acho que a solução final vai sair da justiça. Você, Oleg, não vai gostar, mas a demarcação contínua da reserva se torna cada vez mais a opção preferida do governo brasileiro. A tese de que "a terra é dos índios, e todos os demais são invasores" está ganhando força. – Foi a pronta resposta da minha prima.

– Os invasores foram assentados ali pelo mesmo governo brasileiro há mais de cem anos. Muitos deles nasceram naquelas terras e estão munidos de documentação farta e tão legítima quanto a documentação da tua casa aqui em Manaus. – Argumentei.

– Sim! – Ponderou Daniel – As nossas autoridades não podem aplicar o mesmo critério em Copacabana ou na Praça da Sé, mas em Roraima, naqueles campos remotos ao norte do Equador, onde há pouca gente para reclamar, elas vão ter a oportunidade única de mostrar ao mundo como somos avançados, generosos, justos e politicamente corretos com os nossos índios.

– Era tudo que eu e meu amigo Antônio Costa não queríamos ouvir. – Lamentei inconformado.

– Existe forte sentimento de culpa e arrependimento pelas barbáries que todas as instituições – inclusive a igreja – promoveram contra os índios ao longo dos últimos séculos. Isso vai pesar muito nas decisões judiciais e então, aquilo que alguns anos antes parecia impossível, agora tende a se tornar realidade. Os juízes vão ter uma tarefa para lá de difícil para fazer verdadeira justiça. – Sentenciou Sara.

Tio Licco era ainda mais pessimista:

– Pelo que leio nos jornais, tudo indica que se fará justiça para uns e injustiça para outros.

Não tinha como não concordar, e eu preferi não falar mais sobre esse assunto espinhoso.

Contei sobre a minha viagem para encontrar minha mãe em Moscou e meu nervosismo depois da separação de vinte anos.

Não era para menos! O tempo tinha voado. Primeiro Israel, um novo país, novo idioma, novos amigos, serviço militar, uma guerra e uma faculdade. Depois Brasil: português, Amazônia, o garimpo, o casamento, os filhos e, por último, a plantação de arroz no Rio Surumu; passou rápido. Sem dúvida, valeu a pena, mas nesta corrida contra o tempo, minha mãe, embora sempre presente nas lembranças, tinha ficado cada vez mais distante. Agora, ela era absoluta prioridade!

De Manaus, fiz conexão em São Paulo e após quarenta horas de aeroportos e longos voos, toquei o solo russo em Domodedovo, um dos quatro aeroportos de Moscou.

Foi um encontro emocionante com minha mãe e com o meio-irmão, Aleksei, 18 anos mais jovem que eu. Na última vez, quando estive com ela, meu irmão ainda nem tinha nascido. Nesses longos anos, Irina – estranhei se a chamava pelo nome ou por mãe – claramente tinha envelhecido bastante. Os olhos azuis continuavam deslumbrantes, mas no rosto – outrora bonito – que mais de 40 anos atrás tinha encantado aquele jovem estudante búlgaro, David Hazan, agora predominavam as rugas, e era evidente que a vida tinha castigado aquela face. Embora eu também tivesse sofrido o efeito dos anos, que me transformaram de menino em homem, ela me reconheceu de imediato. Permanecemos em um longo abraço sem falar uma só palavra por alguns instantes. Minha mãe chorou contido e, mesmo depois de passados tantos anos, eu soube identificar e interpretar o significado de cada soluço. Não consegui segurar minhas próprias lágrimas por completo. Eu não havia chorado há muitos anos; nem pela morte de amigos na guerra de Yom Kippur, nem dizendo Kadish pelo pai, e nem mesmo quando Alice perdeu o filho. Desta vez estava tudo muito diferente: minha mãe, que na minha memória era jovem e forte, tinha diminuído e ficado incrivelmente vulnerável! No meio da multidão passando ao nosso lado no saguão do aeroporto Domodedovo, nossas lágrimas foram por todo aquele tempo que não voltaria mais.

Eu lembrava ainda bastante coisa de Moscou que, mesmo vivendo uma crise sem precedentes, ainda preservava a majestade. Depois do colapso da União Soviética, a economia russa só tinha andado para trás e agora em 1994 vivia um dos seus piores momentos. Durante aquela semana, passeamos muito ao longo do rio Moskva e da avenida Bulvarnoye Koltso, contemplando os pontos turísticos mais interessantes da cidade. O Hotel Moskva onde me hospedei era, tanto por dentro quanto por fora, relíquia dos tempos de Stalin e ficava localizado perto do Kremlin e Praça Vermelha. Com surpresa, constatei que, ao contrário do que pensava, não tinha esquecido o idioma por completo. Tanto é verdade que na medida em que ouvia as pessoas falarem russo, não só entendia tudo, mas também minha habilidade de falar ressuscitava de forma surpreendente!

O encontro com o filho e os dias de passeios em Moscou foram muito importantes para minha mãe. Meses antes, ela tinha ficado viúva e ainda estava bastante abalada. Para piorar, meu irmão Aleksei tinha acabado de entrar na faculdade e, agora de uma só vez, ela se sentia só e sem qualquer perspectiva para o futuro. Ficou muito claro que, depois de vinte anos de ausência, eu tinha reaparecido no momento exato. Com isso em minha mente, resolvi convidá-la logo para nos visitar no Brasil e passar alguns meses no calor roraimense durante o rigoroso inverno russo. Seria uma oportunidade ímpar de se distrair e conhecer a nora Alice e os netos David e Benjamim.

Bulgária, 1994

Depois de Moscou, ainda sobraram alguns poucos dias para uma rápida e emocionante visita à Bulgária, que vivia momentos complicados na política e na economia, e um momento para lá de especial na vida social. Na aterrissagem do avião da Aeroflot no aeroporto de Sofia senti aquela mesma sensação que me tinha surpreendido no encontro com minha mãe.

– Estou ficando velho e frouxo. – Pensei. – Agora quero chorar toda hora.

Pela pequena janela do avião, logo reconheci Vitosha, a montanha que sempre foi a marca registrada da cidade. Tinha passado boa parte da infância e juventude naquela montanha passeando ou esquiando com os amigos no fim de semana. Até o primeiro namoro com uma amiga da escola, quando ambos tínhamos dezesseis anos, tinha começado ali. A imagem da montanha despertou muitas lembranças e em poucos segundos eu assisti diante de mim a um filme inteiro de longa-metragem. O filme continuou dentro do táxi no caminho do aeroporto para o hotel Sheraton, bem no coração da cidade. Parecia que tinha saído ontem! Ali estava o Parque da Liberdade, a Ponte dos Gaviões, o típico pavimento amarelo, a universidade Kliment Ohridski, o monumento do rei russo

Alexander II, libertador da Bulgária do jugo otomano em 1878, a igreja monumental Alexander Nevsky, o palácio, o sóbrio edifício do Partido Comunista, a grande loja ZUM, a igreja Sveta Nedelja, a mesquita e ainda a sinagoga que eu nunca tinha visto aberta. Emocionado, e ao mesmo tempo assustado, me dei conta de que o centro da cidade não tinha mudado muito nos últimos vinte anos, só que agora as ruas estavam esburacadas e sujas, e os edifícios em péssimo estado de conservação. Não demorou muito para entender que a queda do regime comunista ainda não estava digerida por grande parte da população, que não conhecia nenhuma outra realidade.

A economia, até então sustentada graças às reservas de mercado impostas aos países satélites da União Soviética, e não em eficiência e qualidade dos produtos e serviços produzidos pelo país, estava em frangalhos. Diferentemente do mercado protegido dos países comunistas, o mercado mundial simplesmente não tinha espaço para produtos inferiores a preços superiores. Claramente, a transição para economia de mercado seria penosa e principalmente dolorosa para os atônitos cidadãos com idade mais avançada. Para os mais jovens, também não era fácil – o desemprego atingia estratosféricos 20% da população economicamente ativa; o produto interno bruto registrava queda de 25% em comparação com o último ano de regime comunista, e as perspectivas internas não pareciam nada boas. Sem emprego fixo, cientistas, artistas, engenheiros, médicos e até filósofos só conseguiam sobreviver executando tarefas eventuais de trabalho braçal, humilhante para muitos deles. Então, iniciou-se o grande êxodo de búlgaros para o exterior.

Para a vasta maioria dos búlgaros que, ao contrário de muitos outros povos europeus, não tinham grande tradição de exportação ou importação de recursos humanos, era o fim do mundo. Somente por um breve período de tempo, no final do século XIX e no início do século XX, alguns búlgaros tinham se atrevido a emigrar para países como Canadá, Estados Unidos e Argentina. Até ali, emigrar era tão pouco usual para os búlgaros que usavam o termo "gurbet", uma palavra especial para o que era um fenômeno novo, homens que largavam a família por alguns anos para ganhar dinheiro no exterior, sempre com a intenção de voltar. Durante os quarenta e cinco anos de regime comunista, devido aos controles rígidos, que desestimulavam as viagens internacionais e o direito de ir e vir, praticamente inexistiu emigração. Já para outras nações a emigração sempre foi uma opção válida. Quando a situação econômica apertou muito, italianos, espanhóis, portugueses, irlandeses, holandeses, poloneses, escandinavos, chineses, indianos e até alemães e japoneses se espalharam pelo mundo à procura de oportunidades, sem que este fato representasse uma tragédia nacional. O resultado é visto em países como Estados Unidos, Canadá, Austrália, África do Sul, Argentina e Brasil, onde grandes comunidades das mais diversas origens ficam colorindo a cultura dos recém-formados povos do Novo Mundo. Poucos sabem que Giuseppe Garibaldi primeiro se destacou na América Latina para somente depois se tornar herói nacional da Itália.

Eu não tinha mais parentes na Bulgária e, num primeiro momento, pareceu difícil encontrar meus amigos da infância e adolescência. As coisas tinham mudado muito, nos endereços onde procurei meus amigos nem eram lembrados! O último recurso era um antigo amigo do papai, Plamen Varbanov, cujo número de telefone achei numa agenda. Para minha surpresa, o número ainda existia! O amigo não só estava vivo, como lembrava de mim quando criança e ainda me ajudou a encontrar alguns amigos da escola e da faculdade, e os três dias restantes em Sofia foram bem movimentados. Só depois das conversas com Plamen e meus amigos, comecei a entender por que, ao contrário daquilo que imaginava, a transição da economia rígida e pouco produtiva à moda comunista para economia de mercado seria longa e acidentada. Ninguém sabia bem o que fazer – os anos de obediência e submissão à assim chamada "ditadura do proletariado", tinham afetado o espírito empreendedor e a autoconfiança dos, de outra forma, bem-educados e escolarizados búlgaros. Não era para menos! Quase ao mesmo tempo da minha chegada, muitos dos recém-criados bancos privados começavam a enfrentar grandes dificuldades, que nos anos seguintes arrastaram o resto da economia para a quase completa bancarrota. Nessas horas de desespero, sempre os charlatões aparecem travestidos de salvadores da pátria, e na Bulgária não era diferente. Os atônitos e despreparados cidadãos búlgaros eram vítimas fáceis das fórmulas milagrosas de lucros grandes e imediatos – as pirâmides financeiras. Naquele e nos anos depois, para muitos, o resultado foi o desastre completo; a falência era geral! Junto com os cidadãos, que se encontravam na miséria, afundava também o Estado. Para completar a desgraça, a inflação galopante se encarregou de reduzir os salários daqueles que ainda tinham emprego a níveis ridículos, e as aposentadorias desabaram a absurdos três dólares mensais. Não bastasse, durante aqueles poucos dias assisti com horror a uma verdadeira epidemia de criminalidade desenfreada, tiroteios e assassinatos em plena luz do dia, num país claramente fora de controle.

Nem no garimpo em Rondônia, o Estado estava tão ausente. Foi triste constatar.

Não poderia nem imaginar que, ao mesmo tempo desta tragédia nacional naquela primavera de 1994, bem no meio do caos, o espírito dos cidadãos búlgaros estava tão em alta que muitos com orgulho afirmavam que, apesar de tudo, Deus era búlgaro. Isso tinha sido verdade já em novembro de 1993, quando a inspirada seleção de futebol do país renasceu das cinzas e aos 44 minutos de um dramático segundo tempo em Paris, inverteu o placar: Bulgária 2×1 França. O empate teria classificado os donos da casa. Assim o improvável aconteceu e a pequena e empobrecida Bulgária se classificou para a Copa dos Estados Unidos.

Dali para frente, a euforia só cresceu. Era inacreditável que um fato desta natureza pudesse influenciar o espírito de uma nação em crise profunda daquela maneira surpreendente. E ainda tinha muita coisa por vir. Naqueles dias de maio, ninguém nem poderia sonhar com o feito histórico que em um momento muito próximo, como por outro milagre, iria acontecer no campeonato mundial de futebol. A bem da verdade, durante aqueles dias memoráveis a graça divina foi complementada pela atuação aguerrida e inspirada de todos os jogadores búlgaros que, liderados pelo craque Stoichkov, atropelaram os gigantes Argentina e Alemanha de forma categórica e chegaram às quartas de final.

A semana na Bulgária terminou rápido. Mal deu tempo para subir na Vitosha e ver a cidade de cima. De longe as fachadas malcuidadas dos edifícios e as ruas esburacadas ficavam imperceptíveis e a cidade era muito mais bonita. Para mim, ficou claro que durante aqueles vinte anos Sofia tinha preservado o centro quase que intacto, mas tinha crescido muito em volta dele. O país ainda iria encontrar tempos muito difíceis pela frente, mas antes disso, no meio da terra arrasada em 1994... Para muitos, Deus realmente foi búlgaro.

As crianças da Fazenda Santa Virgínia

O avião da Lufthansa com minha mãe a bordo aterrissou em solo brasileiro no dia 15 de novembro de 1995, bem na data do aniversário dela.

Após breve descanso em São Paulo, onde eu estava negociando alguns equipamentos novos para a fazenda, nos dirigimos para Manaus. Ali passamos apenas alguns dias, ocasião em que Irina conheceu Licco, seu ex-cunhado, e a família dele. A visita foi bastante curta, porque eu precisava voltar à fazenda, onde não faltavam problemas para resolver. Nem paramos em Boa Vista! Saímos direto do aeroporto com Maria Bonita no volante da minha picape para a RR-319, em direção à fazenda Santa Virgínia, na beira do Rio Surumu.

A chegada das duas mulheres, especialmente de Maria Bonita, que veio de surpresa, representou uma grande alegria adicional para Alice. O vínculo entre mãe e filha continuava forte, como nos velhos tempos do seringal "Quatro ases" perdido na selva e de Porto Velho, onde Alice tinha passado a infância e primeira juventude na companhia da mãe e dos irmãos.

Apesar da barreira do idioma, minha mãe se entrosou com facilidade. As conversas dela com Alice e Maria Bonita eram cômicas de se ver: um misto de gestos, caretas, repetições de palavras, mímicas e até desenhos que, bem ou mal, possibilitavam a comunicação. Desta maneira, os três meses de visita passaram rápido, e eu podia comemorar a reaproximação com a minha mãe, fato que tirava um peso e um sentimento de culpa da minha consciência após os longos anos de separação.

Nas horas que passávamos juntos, eu servia de intérprete, pois era o único que falava português e russo. Quem passava mais tempo com as três mulheres eram as crianças: David, com cinco anos, e o já andante Benjamim, a essa altura pronunciando suas primeiras palavras. As duas meninas loirinhas da Conceição com Antônio eram quase da mesma idade que nossos filhos. Apenas poucos meses separavam David de Taiana, e a pequena Iara nasceu menos de um ano antes do Benjamim. As crianças passavam o dia juntas, no maior tempo acompanhadas pelas mães, Alice e Conceição, e pelas avós, Maria Bonita e Irina. O encanto das mulheres com aquelas alegres e extrovertidas crianças era evidente; todas tinham o maior prazer de paparicá-las, protegê-las e ensiná-las. Ainda era cedo para se preocupar com escola, mas este futuro problema já sinalizava no horizonte e, por isso, era discutido com alguma frequência. No passado, e até o início da década de 80, os fazendeiros tinham usado a escola da Missão Surumu, atualmente ligada ao Centro Indígena de Formação Raposa Serra do Sol, subordinado ao Conselho Indígena de Roraima. Com esta mudança, a escola passou a aceitar somente alunos indígenas. A opção era alguma escola em Normandia ou mesmo na capital Boa Vista, ou então fora do estado; não era uma decisão fácil de se tomar.

De todas as crianças, só David não tinha nenhum sangue índio. Os traços indígenas de Benjamim eram fortes e bem visíveis, mas os olhos claros de cor indefinida, com reflexos de verde, cinza e amarelo, por coincidência da mesma tonalidade dos olhos da mãe adotiva, Alice, contrastavam com a pele morena. Anos atrás, quando a conheci e me apaixonei, eu tinha achado os olhos dela parecidos com os de jaguatirica selvagem. Era estranho que, apesar da ausência de qualquer laço de sangue entre Alice e Benjamim, talvez por causa da cor dos olhos, as pessoas logo os identificavam como mãe e filho. Mesmo assim, Alice e eu sempre deixamos claro que, embora Benjamim fosse nosso filho e o amássemos muito, assim como amávamos o David, nós não éramos seus pais biológicos; era melhor que ele soubesse disso por nós e não por outra pessoa! Naquela tenra idade, ainda era muito cedo para entrar em detalhes, mas já era importante se antecipar e contar a verdade sobre o fato maior. Em nenhum momento nos arrependemos e posso afirmar, com tranquilidade, que aquela foi a atitude correta.

Os traços indígenas das filhas do Antônio eram bem mais difíceis de detectar. As irmãs chamavam muita atenção com os cabelos quase loiros e os olhos verdes como os do pai, pouco comuns na região. Já a forma amendoada dos olhos e a cor da pele – apenas um pouco mais clara que dos nativos denunciavam alguma presença de sangue indígena, herança da avó wapichana delas. Taiana, a maior, desde muito cedo mostrava a qualidade rara de se relacionar com os animais da fazenda. Primeiro com os pastores alemães do Antônio; depois, com os cavalos também. O próprio Antônio tinha um pouco deste dom, mas a menina o superava de longe. Com quatro anos de idade, ela já acompanhava o pai nos longos passeios que ele gostava de fazer no lavrado, sempre que dispunha de tempo. Quando, como era costumeiro, alguns espinhos entravam nas patas dos cachorros, Taiana era a encarregada de tirá-los. Eles a deixavam fazer o que não era permitido a mais ninguém e nem a Antônio, a quem obedeciam em tudo. Com o tempo, esta afinidade rara passou a ser notada também em relação aos cavalos. Não era para menos: a menina passava muito tempo na companhia deles, ajudava na limpeza e era capaz de carinhosamente afagar e pentear durante horas as crinas e os rabos das éguas. Iara, a menor, era fisicamente muito parecida com a irmã, mas a semelhança terminava aí – ela tinha interesses diferentes, e temperamento bastante introvertido.

Uma vez por ano, quase sempre na mesma época, manadas de cavalos lavradeiros frequentavam a região do Rio Surumu, e nós sempre aproveitávamos para soltar nossas éguas no cio por alguns dias na companhia deles. Os cavalos selvagens sempre eram uma atração à parte, e todos gostavam de vê-los, mesmo apenas de longe. Naquele ano, quando detectei de novo a presença dos lavradeiros na região, resolvi mostrar o espetáculo também às crianças, e às vovós Maria e Irina. As mulheres e as crianças menores seguiram de camioneta pela estrada de terra e pararam a uma respeitosa distância, donde podiam acompanhar a movimentação da manada sem assustá-la, enquanto Antônio, eu, e os pequenos David e Taiana – a cavalo – cortamos o caminho. Escolhemos uma posição estratégica que nos permitia avistar a manada e acampamos bem em cima da estrada de terra, ao lado de algumas enormes casas de cupim.

– Eles vão passar mais alguns dias por aqui. Com sorte logo vamos ter égua no cio e poderemos soltá-la com eles. – Disse Antônio. – Conheço este garanhão; ele não nega fogo!

Naquele instante, eu vi a égua montada pela Taiana se aproximar de forma perigosa à manada, aparentemente a mando da menina e exclamei:

– Isto não é perigoso?

– Não sei! – Respondeu Antônio, muito preocupado. Ele carregou a sua arma, deu sinal para eu fazer o mesmo e pediu silêncio.

– O garanhão já viu a nossa égua, acho. Deve ter visto também Taiana. – Sussurrou.

Seguiram-se alguns momentos tensos, a menina chegou bem perto – a apenas alguns metros de distância das éguas lavradeiras, que a ignoraram e permaneceram calmas. Nenhum cavalo disparou em galope, o macho só rosnou de leve, bateu com a pata no chão, mas ficou no mesmo lugar e não mostrou nenhuma agressividade. Passado o primeiro tenso momento, as éguas voltaram a pastar capim "fura-bucho", e o grupo continuou na mais perfeita paz. Por alguns instantes Taiana ficou bem no meio das éguas lavradeiras. Tão perto delas que, se estendesse o braço, poderia tocar algumas crinas despenteadas.

Então, Antônio falou baixo, quase imperceptível:

– Ela está exagerando! Fiquem aqui. Eu vou buscá-la. Acho, que o perigo já passou, mas mesmo assim fique pronto para atirar, amigo.

Antônio começou a se aproximar bem devagar fazendo o mínimo barulho possível. Não demorou muito e o garanhão lavradeiro o percebeu, rosnou esta vez bem alto, como se chamasse a atenção do grupo, e disparou em direção oposta. Obedientes, as fêmeas o seguiram em galope, e logo Taiana ficou só.

– Não faça esta brincadeira nunca mais! – Antônio deu bronca, mas dava para ver que estava aliviado.

Apesar da entonação brava da voz, ficou fácil de perceber que, embora furioso, Antônio estava orgulhoso da pequena e destemida menina. Afinal, ela chegou muito perto dos indomáveis lavradeiros!

Mais um búlgaro na Amazônia

Durante a semana, quando o fluxo de hóspedes na pousada era menor, as famílias Costa e Hazan, inclusive Antônio e eu, costumávamos terminar o dia juntos, com animados jantares, todas as crianças enturmadas em um canto da sala, e os adultos conversando no ventilado pátio da casa sede. Numa destas conversas, Antônio lembrou de mais um búlgaro que tinha passado por estas bandas muitos anos antes: um tal de Ilia Deleff. No longínquo ano de 1957, Antônio, na época uma criança de 11 anos de idade, acompanhou o pai em sua terceira investida no garimpo secreto no igarapé onde Mário tinha enchido um chapéu com diamantes, anos atrás, em 1933. Com parte do dinheiro proveniente destes diamantes, ele comprou a fazenda Santa Virgínia. A segunda tentativa no mesmo local, em 1946, não foi tão bem-sucedida, mas mesmo assim Mário conseguiu um bom dinheiro, que garantiu a relativa prosperidade da família por mais algum tempo. Onze anos mais tarde, Mário Costa, aos 63 anos de idade precisava de novo de dinheiro. Pai e filho fizeram a viagem de três semanas a pé e, apesar do terreno acidentado, chegaram sem maiores problemas no local desejado – na cabeceira do igarapé da Arraia, no Alto Rio Tacutu. Ainda no caminho,

Mário constatou que muitas coisas tinham mudado nos últimos 10 anos. Mais importante: a jazida do Mário tinha sido descoberta por mais gente e as marcas do garimpo eram visíveis por todo lado.

– O igarapé era estreito; não tinha mais de 30 ou 40 metros de largura. – Lembrou Antônio, emocionado com a lembrança daqueles tempos da infância. – Em todo lugar nas praias de areia branca que cercavam o pequeno rio, se viam cabanas primitivas construídas às pressas. Usando uma lona e quatro paus, levantamos a nossa e papai pediu para eu ficar ali conhecendo os vizinhos, enquanto ele fazia um reconhecimento do local. Demorou várias horas para ele voltar e, quando ele finalmente chegou, senti que não estava nada feliz.

– Foi logo dizendo algo como "está cheio de gente revirando o igarapé de cabeça para baixo. Eu não reconheço mais o lugar! Amanhã vamos ter que sair daqui, procurar outro igarapé e rezar que Deus nos ajude".

– Quando os vizinhos me viram, criança esfomeada, se apressaram a oferecer comida e assim enchemos os buchos. Na região, naqueles tempos, tinha muita caça e os garimpeiros não passavam fome. Sempre fico impressionado com como era a vida naquele mundo maluco deles. As pessoas levavam uma vida duríssima tanto nos garimpos de ouro, quanto nos de diamantes, trabalhando em condições desumanas, lutando entre si, se matando, mas ao mesmo tempo sendo capazes de gestos de uma solidariedade e nobreza incomuns em meios muito mais civilizados. – contou Antônio.

– Conheço bem! – Emendei. – Presenciei esse tipo de companheirismo solidário nos garimpos de Rondônia.

Esses gestos de generosidade e preocupação com o próximo são pouco comuns nas grandes cidades.

Antônio continuou sua história:

– No dia seguinte, nos despedimos dos vizinhos e começamos a descer o rio Tacutu, andando pelas praias e, às vezes, cortamos o caminho e atravessamos pedaços de floresta. No fim do dia, exaustos, paramos numa pequena e deserta praia.

– É aqui que vamos pernoitar. Hoje não tem vizinhos para nos ajudar, mas ainda guardei um pedaço de carne salgada de anta, restos da comida de ontem. – Recontou o que pai dissera.

E aí, eu não me contive e perguntei:

–Não vi você comprar esta carne, papai. Como foi, que ela apareceu?

Papai não respondeu e sorriu:

– Dê graças ao bom Deus que você nunca passou fome na vida. Infelizmente, eu passei muita e é por isso que sempre que me alimento, já penso na próxima refeição.

Naquele momento, apareceu do nada e encostou na praia uma bem-equipada lancha de alumínio com motor de popa bastante possante, e cheia de apetrechos de garimpo. Dela desceram dois homens e um deles chegou até nós e anunciou:

– Vamos pernoitar aqui. Não precisam ter medo.

– O outro homem, que aparentava ser o patrão, abriu e rapidamente montou uma pequena tenda, enquanto o cara, que nos tinha abordado, ergueu uma barraca de lona igual à nossa. Depois, fizeram uma fogueira, e até uma conserva com uns peixinhos apareceram na mesa improvisada. Sei por que o homem, que aparentava ser o dono do barco, veio e ofereceu em português quebrado, uns peixinhos e farinha. Sem dúvida, meu pai, um homem já de idade, acompanhado de uma criança, inspirava confiança. Acabamos jantando com os dois desconhecidos, e os pedaços de carne salgada acabaram sendo escondidos e guardados para o outro dia.

Perguntaram muito sobre o garimpo que ficava rio acima, e ficaram bastante preocupados quando meu pai descreveu a situação.

– Aquele lugar já deu o que tinha que dar. Eu já garimpei lá no passado e tirei alguns diamantes. Não tirei mais porque estava sozinho, e um homem só não consegue produzir muito, o certo é uma equipe de três ou quatro homens.

O estrangeiro, dono do barco, parecia bastante interessado no conhecimento do meu pai. Conversaram um bom tempo e depois fomos dormir. Naquele lugar isolado, se ouvia o concerto da floresta composto de sons inimagináveis: gritos de papagaios e macacos, e às vezes um rugido baixo, que parecia o ronco de um felino dos grandes. Eu estava acostumado com estes barulhos, mas o estrangeiro, não. Antes de adormecer, eu o vi sentado na beira do rio fumando com o olhar fixo nas águas calmas do rio.

O dia seguinte guardou uma grande e agradável surpresa para nós: na hora de desmontar nosso barraco, o estrangeiro se aproximou e começou uma conversa com meu pai em uma mistura de português e espanhol. Para encurtar a história, ele nos convidou para fazermos parte da sua equipe; nos ofereceu o barco, comida e ferramentas, e meu pai – em troca – ajudando com seu conhecimento da região. A oferta era bastante concreta: o dono do barco ficava com 50% da produção, o companheiro dele e nós, com um quarto cada. Poucos minutos depois, estávamos todos dentro do barco. – Antônio parecia ter um grande prazer em recordar aqueles tempos. Seguiu um curto silêncio e então ele prosseguiu:

– Agora vem o mais surpreendente: já sabíamos que nosso chefe se chamava Ilia, e o outro companheiro Arnaldo. Estávamos descendo rio Tacutu, procurando algum lugar que parecesse promissor para iniciar os testes. Experimentamos alguns igarapés que desembocavam no rio principal, mas sem sucesso. O teste e a prospecção eram feitos da seguinte maneira rudimentar: mistura de cascalho com areia do fundo do rio é colocada em uma espécie de peneira com diâmetro de 50 ou 60 centímetros, que era movimentada pelo garimpeiro de forma circular, dentro d'água. Por causa do peso relativo maior dos diamantes, eles caem no fundo da peneira e, assim, quando finalmente ela é virada no seco, as pedras preciosas ficam na parte de cima do bagaço, sendo facilmente vistos e coletados.

– No final do segundo dia, o barco entrou com alguma dificuldade em um curto e raso igarapé cuja entrada estreita e coberta de densa vegetação não era fácil de distinguir do rio principal. Era a hora do pôr do sol, e resolvemos pernoitar ali numa pequena praia. Os testes ficaram para o dia seguinte. Na mesma praia onde estávamos acampando, enquanto cedo, de manhã, preparávamos o café, meu pai – meio que na brincadeira – fez o primeiro teste. Nunca vou esquecer aquilo! Na primeira virada da peneira, ele começou a gritar e todos corremos para ver o que tinha acontecido. Incrédulos, vimos bem em cima do cascalho, algo brilhoso; um raio de luz intensa: era um pequeno, transparente, bem formado cristal com forma octogonal. Como em um sonho, vi meu pai abraçar o senhor Ilia; parecia que os dois iam dançar. Nesse momento tão sublime, o estrangeiro exclamou alguma coisa, acredito que algum palavrão cabeludo na língua dele, que eu não entendi, mas para minha surpresa enlouqueceu meu pai. Parecia que um raio tinha acertado meu velho! Estranhamente agitado, ele se dirigiu ao senhor Ilia em uma língua que eu e Antenor não conhecíamos. Agora foi a vez do Ilia ficar atônito.

Assim, na hora de colhermos nosso primeiro diamante, dois búlgaros perdidos nas selvas da Amazônia se encontraram em circunstâncias completamente inacreditáveis.

Até o final do dia, coletamos mais três diamantes, um deles de bom tamanho, quatro ou cinco quilates.

– Este vale uma montanha de dinheiro. – Afirmou meu pai para lá de contente.

A noite que seguiu àquele extraordinário dia foi de muita conversa. Abriram uma garrafa de cachaça e aí a prosa fluiu. Entendi que meu pai e Ilia eram do mesmo país: a sua distante e exótica Bulgária, lá na Europa. Curioso que meu pai e Ilia na juventude, em épocas diferentes, é verdade, tinham trabalhado como jardineiros nos seus primeiros tempos fora da Bulgária – papai no início do século XX na Áustria e, quase 50 anos depois, seu Ilia na vizinha Checoslováquia. Era fácil de perceber que meu pai, após tantos anos, tinha alguma dificuldade de falar aquele estranho idioma, e então a conversa continuou em uma mistura de português, portunhol, búlgaro e até alemão.

– Como foi que esse cara chegou a Roraima? – Perguntei.

– Meu pai sabia melhor. Eu só lembro que, após passagem por vários países da América do Sul e especialmente Venezuela, sempre com o sonho de conhecer a Amazônia, senhor Ilia Deleff, ou Bai Ilia como papai o chamava, entrou no Vale do Rio Branco através do Rio Orinoco, seguindo os passos de Alexander Humbolt, o explorador alemão, que descobriu a passagem até hoje pouco conhecida da bacia do Orinoco com a bacia do Rio Branco.

Passamos naquele lugar escondido quase um mês, colhemos vários diamantes de tamanho pequeno para médio, todos de uma qualidade excelente. Enchemos três chapéus de diamantes, mas por incrível que pareça não achamos nenhuma outra pedra do tamanho daquele grandão do primeiro dia. Lamentavelmente, naquela hora, cometemos um erro básico que poderia ter comprometido todo o nosso sucesso. Quando ficamos sem provisionamento, subimos o rio Tacutu até o garimpo principal onde vendemos os diamantes. Lembro que a parte do meu pai foi de mais de 80 mil dólares, muito dinheiro na época. A notícia na hora se espalhou pelo garimpo e só então nos demos conta de que deveríamos ter ido direto para Boa Vista ou, quem sabe, para Georgetown, sem chamar a atenção de milhares de garimpeiros tão perto do local da jazida. Não era mais possível voltar ao nosso igarapé às escondidas, porque éramos seguidos por vários barcos dia e noite. Enquanto ninguém sabia onde tínhamos encontrado nosso tesouro, nós estávamos em relativa segurança.

O garimpo inteiro esperava que retornássemos logo ao nosso Eldorado para continuar a bonança. Tudo mudaria, uma vez descoberta a nova jazida; imediatamente seríamos alvos dos bandidos que sempre rondam os garimpos. Todos sabiam que estávamos com muito dinheiro e no meio daquela multidão de garimpeiros desesperados, não faltava gente com segundas intenções. Meu pai, Arnaldo e Ilia estavam armados, mas mesmo assim não podíamos nos descuidar nenhum minuto. Mesmo não revelando a localização da nossa jazida, logo iríamos correr riscos; as marcas da garimpagem são sempre visíveis, e era só questão de tempo para alguém localizar nosso bivaque. Tinha chegado a hora de sumir antes que sofrêssemos algum tipo de violência. Então, em uma noite, protegidos pela escuridão, saímos fugidos do garimpo no nosso barco veloz e bem abastecido de combustível com destino à Normandia, a cidade fundada pelo prisioneiro francês da Ilha do Diabo, Maurice Marcel Habert. Deu para ver que algumas lanchas dispararam atrás da gente, mas não conseguiram nos alcançar e, como não estavam abastecidas para uma perseguição tão longa, desistiram logo. Dois dias mais tarde, chegamos em Normandia, continuamos imediatamente para Boa Vista, onde depositamos o dinheiro no Banco do Brasil. Logo em seguida, o senhor Deleff nos deixou – viajou para Manaus e depois, se não me engano, para Minas Gerais. Nós voltamos para nossa fazenda Santa Virgínia.

Meu pai manteve contato com Bai Ilia até um pouco antes de morrer. Ele contava que, com o dinheiro ganho com a garimpagem, aquele visionário teria investido em uma grande coleção de cristais gigantes, possivelmente a maior do mundo. Naqueles tempos, ninguém atribuía grande valor a estas pedras gigantescas, que podem pesar várias toneladas. Em uma das raras saídas de Roraima, meu pai visitou Seu Ilia, que nesta altura morava no Rio de Janeiro. Contava que ele tinha vendido parte da coleção para um museu francês e agora era um homem muito rico, e que outros museus do mundo todo estariam atrás dele para comprar o resto da coleção que valia vários milhões de dólares. Nesta ocasião, ele ainda deu para meu pai de lembrança um "diamantinho", daqueles que garimpamos juntos e eu o guardo até hoje com os documentos do papai. Não sei se Bai Ilia ainda está vivo e como esta história terminou... Ele certamente era uma pessoa diferenciada e muito generosa. Papai contava que ele doou parte importante da coleção de cristais gigantes para a pátria Bulgária, que ele nunca esqueceu.

Eu fiquei realmente fascinado com a história de mais este búlgaro na Amazônia:

– Este cara deve ser o búlgaro mais ilustre que já passou por estas bandas! Você deveria procurar por ele! Parece que os búlgaros têm um apetite especial pelo Estado de Roraima, ou melhor, pela Amazônia. Hoje em dia, tem vários búlgaros residindo na cidade de Manaus, a maioria são músicos da Orquestra Filarmônica.

Até a renomada ópera de Sofia já se apresentou no Teatro Amazonas. Nem Marin Kostov, nem Ilia Delev, nem meu tio Licco Hazan, e muito menos eu, poderíamos um dia imaginar...

A
demarcação

O processo de demarcação da reserva Raposa Serra do Sol começou na década de 70, mas avançou de fato somente depois de 1996, no mandato de Fernando Henrique Cardoso. A proposta inicial do governo até permitia a contestação por parte dos atingidos, prevalecendo o entendimento de que as propriedades rurais com títulos e posse muito antigos ficariam excluídas da área indígena. O primeiro a se sentir prejudicado e a contestar a demarcação, mesmo nesta forma mais branda, foi o Governo do Estado de Roraima, que encabeçou a extensa lista de outros reclamantes. Por um curto instante pareceu que, com ajuda do estado, a questão iria se resolver de forma pacífica e através de um compromisso aceitável para todos.

Seguiram-se batalhas jurídicas e contestações judiciais. Até então prevalecia o entendimento de que as propriedades rurais com títulos anteriores à Constituição de 1934, ou com a tal sentença judicial transitada em julgado, que mal somavam 2% do território total da reserva, ficariam excluídas da área de homologação. Só que sob as pressões das instituições do Governo Federal, Funai, inúmeras ONG's, governos estrangeiros e da Igreja, este entendimento começou a fazer água, apesar da resistência da parte dos próprios índios, do Exército Brasileiro e do Estado de Roraima, além dos arrozeiros e outros colonos.

Com crescente preocupação, eu e Antônio acompanhávamos o avanço desta disputa que, pouco a pouco, evoluía para ações agressivas. Tornaram-se comuns roubos de gado, destruição de cercas e torres elétricas, além de queimadas de pontes. Comentava-se entre os fazendeiros, agora considerados intrusos e invasores violentos, que só uma fazenda tinha sofrido baixa de três mil reses, além da destruição de cercas e instalações. Anteriormente, o Supremo Tribunal Federal tinha reconhecido esta fazenda como propriedade particular de uma família de colonos, mas mesmo assim agora ela foi incluída na área a ser homologada como indígena. Pelas regras válidas até então, a lei não deveria prejudicar o direito adquirido, o ato jurídico perfeito e a coisa julgada; princípios que ainda continuavam válidos no Brasil ao sul do Equador. Claro que a mudança de regras só aumentou a radicalização, tanto dos partidários, quanto dos contrários da demarcação contínua, muitos deles índios das mesmas tribos.

Em dezembro de 1998, o então Ministro da Justiça, Renan Calheiros, assinou a portaria 820/98 que declarava a terra indígena Raposa Serra do Sol posse definitiva dos povos indígenas em área contínua. Até então, nossas famílias inteiras tinham permanecido em Santa Virgínia bravamente, mas a saída não podia mais esperar! Por um lado, as crianças precisavam de escola, e pelo outro, com a portaria governamental, era de se esperar uma radicalização ainda maior. O conflito sempre tinha sido menos violento na área da fazenda Santa Virgínia. Em parte, por causa da amizade com o tuxaua Genival, mas com o tempo apareceram sinais inequívocos de que a liderança dele já era bastante contestada dentro da aldeia. No início de 1999 – um mês após a portaria ministerial – a minha família inteira se mudou para Manaus e quase ao mesmo tempo os Costa foram para Boa Vista. Lembro bem que nosso último ato antes de sair da fazenda foi enterrar Sharo, nosso peludo amigo e protetor. Ele morreu de velhice; nos últimos meses estava totalmente cego, e quase não se movia mais. Todos nós sofremos junto com ele, e a sensação era de termos perdido alguém da nossa família. Sem dúvida, Antônio e Taiana sentiram mais – eles tinham um vínculo para lá de especial com aquele animal extraordinário. Ainda nomeamos o novo Sharo, que na verdade já liderava há algum tempo os outros cães.

Mesmo depois da nossa mudança para Manaus, Antônio e eu, agora sócios na plantação de arroz, ainda passávamos bastante tempo na fazenda, que continuava em pleno funcionamento tanto na parte da pousada, quanto no arrozal. Genival costumava visitar Santa Virgínia pelo menos uma vez por mês; às vezes de ubá, outras a cavalo e – nos últimos tempos – na garupa da motocicleta do filho Moacir. Era frequente ele passar a noite na pousada; dormia em uma rede do lado de fora, já que não gostava de ficar entre quatro paredes. Nessas ocasiões, sempre queria saber sobre as mulheres e as crianças, que agora só voltavam à fazenda durante as férias escolares. A família do Antônio, que morava bem mais perto, em Boa Vista, até que vinha mais – as meninas, que estavam acostumadas e adoravam a vida na fazenda, não se sentiam bem na casa apertada, cercada de muros altos na cidade. Já eu, passava cada vez mais tempo em Manaus com a família, que apenas voltava inteira para a fazenda no mês de janeiro, quando as crianças estavam de férias. Gradativamente Antônio assumia cada vez maior participação nos negócios do arrozal.

Era fácil de perceber que, sempre quando as famílias estavam presentes, o tuxaua vinha mais vezes que o habitual e passava mais tempo batendo papo com todo mundo. Era evidente o prazer que ele tinha em conversar com Alice, a quem anos atrás tinha confiado o neném Benjamim, bem como o carinho dele pela família Costa e, em especial, pela menina Taiana. Os índios que trabalhavam na fazenda comentavam na taba a estranha habilidade daquela menina de se comunicar com os lavradeiros e, sempre que o assunto era este, o tuxaua ficava muito atento. Desde jovem, gostava de ver aqueles cavalos livres vagarem pelo lavrado e podia ficar horas a fio a observá-los de longe. Um dia, meio que por acaso, Genival assistiu à passagem de uma manada e a seguiu a distância. Para surpresa do velho tuxaua no meio dela estava cavalgando Taiana, já menina de 12 anos. O mais estranho era que os lavradeiros pareciam aceitar a companhia dela, com perfeita naturalidade. Quando o grupo parou, destemida, ela desceu do cavalo e ficou passando de uma égua selvagem para a outra, afagando as crinas longas soltas ao vento. Aquela cena trouxe ao velho índio doces lembranças da adolescência, quando, às escondidas, tinha assistido algumas vezes com admiração a uma outra jovem, a cunhantã wapichana, Iolanda, chegar também perto e acariciar aqueles animais ariscos. Ninguém nunca percebeu a paixão do adolescente Genival, futuro líder da tribo, por aquela linda jovem de outra taba, até porque ela logo casou com o fazendeiro Mário Costa. Menos de um ano depois, nasceu Antônio, mas para desespero de todos, o parto foi bastante problemático e a encantadora menina wapichana perdeu muito sangue e, depois de uma infecção generalizada, não resistiu e faleceu. O desolado e atônito Mário Costa nunca se recuperou por completo do choque – anos a fio no fim de cada dia, ele visitava a sepultura da mulher amada, que ficava a poucos metros da sede da fazenda, num lugar alto de onde ele podia contemplar o Rio Surumu e a praia. Os criados juravam que ouviam a voz dele travando longas conversas com Iolanda, como se ela pudesse ouvi-lo. Nunca mais casou – a vida dele foi toda dedicada à propriedade Santa Virgínia e ao filho, fruto daquele amor prematuramente interrompido. A amizade do Mário com Genival datava daquela época, quando Antônio ainda era criança.

Comentava-se que, sempre que precisava de dinheiro, Mário ia garimpar numa jazida de diamantes que só ele conhecia, e investia os lucros na fazenda; de longe, a mais bonita e bem cuidada da Raposa.

Depois da Iolanda, nunca mais se teve notícia de alguma pessoa, criança ou adulto, que conseguisse tamanha intimidade com os lavradeiros. Só agora, tantos anos depois, parecia que a cunhantã wapichana tinha renascido na pele da sua neta.

Era apenas natural que o tuxaua mostrasse interesse especial também pelo Benjamim, a quem anos atrás tinha salvo da morte certa e entregue aos cuidados da Alice. Naquela época, embora ainda bastante vigoroso, ele já era homem de idade avançada. Quando a família chegou na fazenda em janeiro de 2004, como sempre fazia nesta época do ano, Genival apareceu logo e todos de imediato perceberam que, no último ano, a saúde do velho cacique tinha deteriorado muito. Pouco tinha sobrado da energia que era sua marca registrada – parecia fraco e tinha dificuldade de se locomover. Pediu logo para ver Benjamim e ficou visivelmente surpreso com o tamanho do garoto, que tinha crescido muito no último ano e era bem alto para a idade. Segurando-o pelo braço, o tuxaua chamou Alice e eu para o lado e disse:

– Chegou hora de Genival contá segredo.

Virou-se para o índio que o acompanhava e pediu:

– Traga curumim!

Minutos depois, o homem voltou com um garoto índio, claramente vestido com seus melhores trajes e com chapéu de palha, que cobria a cabeça, e não permitia enxergar bem o rosto.

– Tire chapéu. – Ordenou o tuxaua. A criança obedeceu a ordem e descobriu o rosto queimado pelo sol.

– Meu Deus! – Exclamou Alice. – Ele é igual a Benjamim!

O próprio Benjamim olhava o rosto do pequeno índio com misto de surpresa e curiosidade. O outro menino era mais magro e bastante mais baixo, mas a semelhança entre eles era impressionante!

– Meu neto Fernando, filho da Janaina; minha filha. – apresentou o tuxaua. – Nasceram dois e Janaina não podia cuidar deles ao mesmo tempo. Fernando era maior e mais forte então. Agora, Benjamim, mais forte.

Genival estava muito emocionado e precisou de alguns instantes para se recompor. Convidamos ele e os acompanhantes para tomar um refrigerante conosco no restaurante da pousada até para dar um tempo para as crianças se conhecerem. Nunca vou esquecer a imagem dos irmãos andando de bicicleta no estacionamento da casa-sede com as outras crianças admiradas seguindo-os e admirando a semelhança entre eles. Deixamos os dois à vontade. De vez em quando ouvíamos as vozes e os sorrisos alegres e espontâneos como só os seres tão jovens e inocentes sabem rir.

– Teu filho, dona Alice, é meu neto. Ele e Fernando um dia vão ser importantes para nosso povo e para a Raposa. Têm que ser amigos. – Sentimos que o tuxaua estava feliz.

Pouco depois os risos cessaram e as crianças vieram em nossa direção.

– Fernando foi embora. O pai dele o levou na motocicleta dele. – Contou David.

– Gerônimo, o padrasto dele. Ele não gosta de vocês. – Completou Genival visivelmente desgostoso.

Assim, aquela tarde memorável foi interrompida antes do tempo.

Foi a última vez que encontramos o tuxaua Genival.

O início
da batalha
final

Janeiro, o mês de férias de verão de 2004, foi muito movimentado para os habitantes da Raposa Serra do Sol. Sob o comando do Paulo César Quartiero, fazendeiro e político influente, alguns arrozeiros, acompanhados de índios que preferiam a demarcação não contínua e a preservação das áreas de produção de arroz e do lago Caracaranã, invadiram a sede de Funai em Boa Vista e fecharam algumas estradas e pontes. O exemplo mais gritante do desespero dos colonos, que cada vez mais se demonstrava em atos de intolerância, foi a destruição das instalações do histórico prédio da Missão Surumu, onde funcionava o Centro Indígena de Formação e Cultura Raposa Serra do Sol. Neste jogo sujo, ainda se tentou inverter os fatos e jogar a culpa nas vítimas, que foram acusadas de terem ateado fogo em suas próprias instalações.

Nada disso iria adiantar; a decisão política do governo brasileiro estava tomada já fazia algum tempo e só faltava a formalização final a cargo da justiça.

Em 15 de abril de 2005, o presidente Lula assinou decreto homologando a demarcação contínua. Em resposta, o governador do estado, muito contrariado, decretou luto oficial por uma semana e, em seguida, a Polícia Federal iniciou a operação "Upatakon" de retirada dos não índios da região. Não adiantou os fazendeiros mostrarem suas escrituras e registros de propriedade, nem alegar que os macuxis, originários do Caribe, são tão invasores quanto os colonos assentados naquelas terras pelo Império Brasileiro desde 1877. Quatro gerações depois, os incrédulos descendentes dos colonos se encontraram na iminência de serem expulsos das terras que, em outros tempos, o próprio estado brasileiro tinha entregado aos seus avós.

Nos meses e anos depois do decreto não faltaram reações violentas – rodovias foram interditadas e pontes vitais para a comunicação na região foram destruídas em uma sucessão de atos de vandalismo dos dois lados. A frustração dos colonos, que pressentiam a derrota iminente, cresceu ainda mais com o anúncio das indenizações que o governo prometia pagar – os valores não correspondiam nem de perto com os preços de mercado das propriedades que seriam desapropriados.

A situação ficou tão tensa que o confronto direto parecia inevitável – arrozeiros e colonos abertamente ameaçaram resistir. O próprio Antônio Costa um dia me surpreendeu e me mostrou um verdadeiro arsenal de armas pesadas e munição, zelosamente escondidos no porão da casa sede.

– Armas não vão faltar! Não vou entregar de mão beijada a terra onde estão enterrados meus pais, onde nasci e cresci, e onde nasceram minhas filhas! Paulo César deve ter muito mais armas e está determinado a resistir. Todos os rizicultores estão se armando e ainda tem os outros colonos e muitos índios que vão nos apoiar.

– Os ânimos estão se exaltando de tal maneira que falta pouco para um banho de sangue sem precedentes. – Constatei muito preocupado.

– Você vai ajudar? Vamos precisar de gente como você com experiência de resistência armada. Garimpeiros vindos de Rondônia ainda lembram de você! Parece que aprontou bastante por lá e entende da coisa. Você mesmo contou que serviu no exército de Israel. – Como sempre Antônio foi direto ao assunto.

Respondi na hora que não participaria de nenhuma ação violenta e que torcia por uma solução pacífica. Insisti que, embora entenda mesmo a revolta e a indignação dele, seria uma grande tolice expor nossas vidas e as vidas de muitos outros por uma causa perdida.

– Bem, ainda resta uma esperança: o Superior Tribunal Federal ainda vai se pronunciar sobre o mérito da questão.

Antônio se estendeu pela milésima vez sobre a história daquele pedaço de terra. Ele estava revoltado porque ninguém parecia levar em conta o fato de que esta parte do mundo pertence ao Brasil, e não à Guiana, só porque durante a segunda parte do século XIX, colonos nordestinos se estabeleceram na região do rio Maú, onde formaram grandes fazendas de gado. No início do século XX, Joaquim Nabuco conseguiu que a grave disputa fronteiriça entre Brasil e Inglaterra – exatamente por aquelas terras – fosse resolvida através de arbitramento internacional. Por causa da forte presença brasileira na área, mantida apenas pela resiliência desses pioneiros, que, sem qualquer ajuda do estado, enfrentaram todos os tipos de perigos e dificuldades, em 1904, o árbitro, rei Vítor Manuel III da Itália, deu ao Brasil todo o território a oeste do rio Maú onde hoje fica Raposa Serra do Sol. Os heróis anônimos, que ganharam este pedaço de terra para o Brasil, nunca receberam algum tipo de reconhecimento por parte da sua pátria. Não bastasse isso, agora – exatos 100 anos mais tarde – os netos deles estavam sendo expulsos sem cerimônias e com a maior naturalidade das suas terras.

– Será que os juízes em Brasília conhecem bem a história dessa terra? – Meu amigo não soou muito esperançoso.

Antônio e eu estávamos sentados no terraço da casa sede. A pousada ainda tinha alguns hóspedes, mas o movimento, em grande parte, por causa das notícias desanimadoras tinha minguado nos últimos tempos. As famílias estavam longe, e a casa vazia já não tinha a mesma alegria de antes.

Sabia que, se não variasse de assunto, Antônio falaria a noite toda sobre este mesmo tema e resolvi mudar a conversa:

– Tem ainda uma parte da Raposa que não conheço: a cidade Uiramutã, localizada bem mais ao norte. Você conhece melhor a região e deve saber quanto tempo levaria para chegar lá. – Desconversei.

– Faz tempo que não vou a Uiramutã. – Respondeu Antônio. Não sei como está agora a RR-171 e se todas as pontes estão em condições de tráfego, mas imagino que saindo de Normandia precisaria de no máximo oito horas.

– Talvez eu pudesse dar uma esticada até lá no próximo final de semana; ouvi falar que aquela região montanhosa é bonita, com várias cascatas perto da cidade. – Eu, na verdade, realmente estava interessado. – Daria para ir num dia e retornar no outro.

– Vou contigo! Vale a pena rever aquela região bonita. Vamos nesta sexta-feira de manhã e voltamos no domingo à tarde. – Sugeriu Antônio.

Uiramutã

A estrada RR-433 estava em bom estado, era na época da seca, e isto facilitava o trânsito. As estreitas pontes com estrutura de madeira aparentavam estar em condições, embora não tivessem nenhuma proteção lateral. Apenas o último trecho da RR-171 cheio de aclives e declives estava bastante deplorável, com muitos atoleiros, superados com alguma dificuldade pela picape 4×4. Conforme planejado, chegamos em Uiramutã, cidade com menos que cinco mil habitantes, no início da tarde.

– Vamos logo procurar algum lugar onde possamos pernoitar e comer alguma coisa. – Sugeriu Antônio.

Logo na entrada da cidade apareceu um pequeno outdoor que recomendava uma pousada, que apareceu logo em seguida na rua central. A construção de apenas um andar era pequena, e a entrada estreita era por um refeitório apertado onde meia dúzia de índias estavam se alimentando de algum tipo de gororoba de difícil identificação. O aspecto não era bom e a primeira impressão era de que o ambiente não era limpo. Um senhor, já de idade, nos cumprimentou e se apresentou:

– Coronel Romualdo, dono da pousada "Pegue e pague".

Mal impressionado, nem escutei direito a apresentação e entendi tudo errado:

– Pesque e pague? Aqui não tem água! Onde estão os peixes?

O pretenso coronel sorriu e deu para perceber que quase não tinha dentes:

– A esta hora os "peixinhos" estão comendo. Olhem elas sentadinhas esperando clientes. Agora não tem quartos, mas daqui uma ou duas horas vai ter!

Não era o que estávamos procurando, e saímos apressados! Não demorou e descobrimos uma outra pensão, bem melhor e mais limpa com o sugestivo nome de "Solar", onde conseguimos o último quarto disponível. Os outros hóspedes eram garimpeiros, quase todos acompanhados por garotas locais, como era de se esperar no final de semana, só que o ambiente era muito mais convidativo do que na fatídica "Pegue e pague". As camas eram na verdade estrados de madeira cobertos por um pequeno lençol, que servia de colchão e cobertor ao mesmo tempo, mas o quarto era limpo e tinha banheiro.

Largamos nossos pertences pessoais e saímos para conhecer a minúscula cidade a pé. Não demoramos para descobrir que a ela sedia um importante Pelotão Especial de Fronteira do Exército, e que a economia local vive em função dos garimpeiros atuantes na região.

Tudo era muito parecido com os garimpos de Rondônia. A única grande diferença parecia ser o fato de que aqui os garimpos não eram flutuantes, mas em terra mesmo. Os estragos causados pelos garimpos eram fáceis de ver nos arredores da cidade e passou pela minha cabeça que os danos não visíveis causados pelo envenenamento do meio ambiente com mercúrio deveriam ser ainda muito maiores. E isso num lugar tão bonito!

Tinha sido um longo dia e, logo depois do pôr do sol, nos apressamos a comer uma pizza sem gosto na primeira lanchonete que encontramos. Depois do jantar, nos dirigimos de volta para a pensão e nos preparamos para passar a noite nas camas desconfortáveis. Iríamos acordar cedo no dia seguinte e vasculhar os arredores da Uiramutã conhecidos pelas cachoeiras bonitas. Não contamos com um fator inesperado que no meio da noite tornou o sono muito mais difícil: o frio. Ele incomodava ainda mais porque não tínhamos cobertores de nenhuma espécie, e as roupas frescas que usamos durante o dia não protegiam nem um pouco. A cidade ficava na parte montanhosa da Raposa Serra do Sol, onde as temperaturas oscilam bastante – durante o dia faz muito calor, e à noite, frio. Naquela hora da madrugada, na recepção da pousada não tinha a quem pedir ajuda, e o jeito foi usar as minúsculas toalhas de banho para nos cobrir. Tremendo de frio, demoramos para pegar no sono de novo e então a saída foi conversar.

– O que você faria no meu lugar nesta situação, que vivemos na Raposa, Oleg? – Antônio estava com a pergunta entalada na garganta.

Eu já tinha respondido outras idênticas várias vezes ao longo do caminho durante o dia. Desta vez a resposta demorou a vir e, com algum esforço, resolvi não poupar o amigo e ser franco:

– No teu lugar, eu me prepararia para sair do teu paraíso, amigo. Pelo que entendi, você vai receber como indenização apenas o valor das benfeitorias e nada pela terra que, no final, é teu maior bem. Antes que seja tarde, venda o que puder dos teus equipamentos de irrigação, venda aquelas armas inúteis e as cabeças de gado que ainda tem, e não invista mais nada até que saia a decisão final. Como minha prima juíza sempre diz: "a justiça tarda, mas não falha".

– Dói! Esta vez tudo indica que a justiça vai falhar – disse Antônio bem baixinho.

– Vamos torcer. Pode ser que a Suprema Corte resolva em nosso favor; razões não faltam. – Eu precisava ser franco e ao mesmo tempo confortar o amigo.

– Lamentavelmente, não faltam motivos antropológicos e jurídicos para julgar contra também, e hoje a tendência é de achar que os índios são os verdadeiros e únicos donos das terras. – Antônio estava bem realista. – Eles foram massacrados durante muito tempo com a bênção do governo, da sociedade, da justiça e até da Igreja! Todas estas instituições enxergam a presente disputa como oportunidade única para se redimirem. Imagine como políticos, burocratas, religiosos e até juízes vão estufar os peitos e se orgulhar da sua atitude "humanitária". Nós que vamos pagar o pato! Somos tão poucos que eles simplesmente vão nos ignorar!

– É disso que tenho medo! A tentação de proferir uma decisão pouco profunda e muito populista é irresistível. – Concordei. – Ninguém nem vai lembrar que foram os colonos os conquistadores desta parte do mundo para o Brasil no início do século passado. É público e notório que durante aquela disputa desigual com a poderosa Inglaterra, o Estado brasileiro estava quase ausente da região, e a arbitragem internacional em nenhum momento levou os índios em consideração. Sem a presença forte dos "cabras-machos" nordestinos, o lavrado hoje pertenceria à Guiana Inglesa.

O sono voltou só cedo de manhã quando o sol rapidamente esquentou o ambiente.

A pousada Solar oferecia um bom café de manhã, algo que Antônio e eu mais precisávamos depois do jantar fraco e da noite maldormida. Nem começamos a nos servir quando ouvimos uma voz feminina exclamar baixinho:

– Meu Deus! Senhor Oleg! Aqui na minha pousada! – Uma senhora gordinha de meia idade que, até então, estava arrumando o pequeno refeitório, me reconheceu. Fiquei surpreso; não esperava encontrar conhecidos naquele lugar remoto do mundo, onde pisava pela primeira vez.

– A senhora me conhece? De onde? – A pergunta saiu sem muito interesse.

– Última vez que o vi foi em Palmeiral, na Casa da Lola, da dona Sandra Reis. Eu era mocinha e trabalhava para ela. Meu nome artístico era Dalva, passaram-se vinte anos e o senhor não deve se lembrar de mim.

Não poderia acreditar no que estava ouvindo. Olhei aquele rosto com mais atenção e, então, da minha memória brotou a imagem de uma moça bonita e muito mais magra, de ancas largas, andar provocante e corpo escultural. A estrela máxima da "Casa da Lola", o bordel do garimpo do rio Madeira, na distante Rondônia: Dalva "Motosserra"! Quem não conhecia a fama daquela fogosa insaciável, que foi por alguns anos a mulher mais desejada dos garimpos? A transformação era inacreditável: agora ela era uma simpática gordinha de meia idade, com aparência de pacata dona de casa.

– Dona Sandra lhe tinha como filho! Nós éramos proibidas até de falar com o senhor. Sempre fui fã sua, mais ainda depois da "Guerra da Prainha". Seja bem-vindo em Uiramutã e na minha casa. Meu verdadeiro nome é Isabel.

Apresentei Antônio e a conversa fluiu. A gordinha contou que era casada e tinha dois filhos com o ex-garimpeiro, dono de draga, Laureano, mais conhecido como Baiano. Ele não estava no momento em Uiramutã, mas voltaria de Boa Vista durante o dia.

– Eu tomo conta da pensão. Laureano tem a melhor e mais zelosa esposa da região e pode viajar tranquilo. – Isabel fez questão de afirmar com boa dose de orgulho.

– Quero convidá-los para jantar hoje à noite, depois do seu passeio. Meu marido o conhece e vai se sentir muito honrado de encontrá-lo, Russo. Pode ser que você lembre dele. Ele era assíduo cliente da Casa da Lola.

Eu me dei conta de que aquela mulher me conhecia bem! Lembrava até meu nome de guerra daqueles tempos!

O convite foi aceito de imediato.

Antes de se despedir, Isabel baixou a voz e continuou:

– Só vou pedir para não me chamar pelo nome artístico. Laureano não gosta. – Com estas palavras ela se afastou, não sem discretamente nos brindar com um balançado de quadril como nos velhos tempos.

– Antônio, Isabel gostou de você. – Zombei com meu amigo e completei. – Ela com certeza é agora uma esposa dedicada e fiel, mas você não faz ideia da popularidade e da fama dela vinte anos atrás. Comentava-se que Dalva não tolerava por perto nenhum pau ereto, e tratava de murchá-lo e estraçalhá-lo por todos os meios. Daí o apelido de "Motosserra".

O dia foi realmente muito proveitoso. Não tinha muitas coisas a serem vistas pelos visitantes na pequena cidade de Uiramutã, nem a comida servida nas poucas lanchonetes era muito apetitosa, mas a região montanhosa em volta dela era realmente de uma beleza espetacular. Naquela região tinha um pouco de tudo, montanhas, florestas tropicais, savanas, rios e cachoeiras frondosas, que desembocavam em calmas piscinas naturais com águas límpidas e convidativas.

Lembrei que provavelmente Uiramutã iria ficar fora da futura reserva e que valeria a pena vir outra vez com Alice e as crianças, que iriam adorar o passeio. Então lembrei que Maria Bonita e Roberto iriam ter muita curiosidade para encontrar Dalva Motosserra. Maria foi a cozinheira da Casa da Lola durante anos, antes de trabalhar na minha draga e conhecia muito bem aquela moça famosa. O encontro com Dalva já tinha valido a nossa viagem!

– E ainda vamos ter o jantar hoje à noite. Com certeza vai ser melhor que a pizza de ontem à noite. – Festejou Antônio.

Quando voltamos à pensão naquela tarde, tivemos a primeira boa surpresa da noite: nossos pertences estavam acomodados em um outro quarto, bem mais espaçoso e bem-arrumado. Mais importante: as camas tinham confortáveis colchões e cobertores.

– Estamos salvos! – Exclamei muito contente. – Hoje vamos dormir bem, e logo aviso que não pretendo responder tuas perguntas depois de meia-noite.

No jantar, eu de cara reconheci Laureano, o marido da Isabel, a quem – ainda como funcionário da Berimex – tinha vendido mais de um motor de popa.

– Bem-vindo, Russo! Para nós é uma grande honra receber na nossa pensão visitantes tão ilustres. – Cumprimentou Laureano, transparecendo orgulho.

Não faltou assunto aquela noite! O jantar foi na parte de trás da pensão onde a família tinha uma confortável casa. Laureano, embora conhecido como Baiano, na verdade era gaúcho e a comida não poderia deixar de ser um churrasco típico do Rio Grande do Sul. O que Antônio e eu não comemos na primeira noite em Uiramutã, foi compensado neste jantar que terminou com cada um saboreando um tradicional chimarrão.

Laureano tinha permanecido em Palmeiral até o fim do garimpo em 1990 e sabia muitas coisas que eu desconhecia:

– Teus companheiros, o Cabeção e Chico Paraíba, foram uns dos derradeiros. Nesta teimosia perderam muito dinheiro. Só recentemente, com o pouco que restava, tentaram a sorte em Ji-Paraná, onde agora administram um posto de gasolina – Laureano contou sobre os donos de dragas de prospecção de ouro que tinham me acompanhado durante a Guerra da Prainha.

– Seu Amorim, aquele da oficina para conserto de motores, morreu já faz alguns anos. – Continuou Laureano.

– Dele eu sei. – Respondi. – O filho dele, Roberto, é casado com Maria Bonita, que é minha sogra.

Agora, foi a vez do Baiano ficar surpreso:

– Não sabia que vocês eram aparentados! Na época Maria Bonita fazia jus ao nome, era a mulher mais bela do garimpo. Depois da Isabel, é claro.

– Naqueles tempos, não éramos aparentados. – Expliquei – Dona Sandra me cedeu Maria Bonita, e ela trabalhou na minha draga quase dois anos. Depois, eu conheci a filha dela, Alice, com quem casei e tenho dois filhos.

– A filha da Maria Bonita deve ser linda e deve cozinhar muito bem. – Especulou Laureano.

Não respondi – não adiantava explicar que a minha mulher na verdade não tinha laços de sangue com Maria Bonita e mesmo assim era linda e cozinhava bem.

– Maria Bonita e Roberto moram em Boa Vista onde ele é professor. Na próxima vez que vier a Uiramutã, vou trazê-los, e não vai demorar! – Prometi.

Como não poderia deixar de ser, a conversa virou para o assunto que era vital para todos: a Raposa Serra do Sol.

Laureano escutou a história do Antônio e completou:

– Eu também tenho um sítio que está sendo desapropriado. Não é tão grande quanto o teu, mas até pouco tempo tínhamos mais de mil reses ali. Apesar das minhas reclamações, perdi mais de 300, que os índios levaram sem mais nem menos. Denunciei várias vezes, mas a polícia não fez nada, e então não aguentei: vendi todos os animais que ainda sobraram. Ainda temos uma boa casa de alvenaria lá que, junto com outras benfeitorias, está sendo avaliada pela INCRA, acho. Não sei ainda o valor que vão definir, mas não tenho grandes expectativas; normalmente as propostas de indenizações não pagam nem um terço do investimento. Na verdade, estamos sendo expulsos mesmo antes da demarcação final. A justiça ainda não julgou o mérito da questão, mas – na prática – nós já não somos reconhecidos mais como cidadãos honrados.

Antes do fim do jantar, Isabel fez questão de me levar ao quarto dos filhos, que já estavam dormindo.

– Parabéns! Benza Deus! São da mesma idade que os meus meninos. – Lembrei do David e do Benjamim.

Embora estivéssemos sós no quarto Isabel baixou bem a voz e eu tive dificuldade de entender o sussurro dela:

– Quando olho eles eu sei, que graças ao bom Deus, eu venci. Já a coitada da mulata Tico-Tico morreu daquela terrível doença que não tem cura. É preciso ter sorte!

– É preciso ter sorte! – Repeti. Sorte e, pelo menos, algum merecimento!

Quando na volta de Uiramutã Antônio estacionou a picape no pátio atrás da casa sede da Santa Virgínia, nós logo percebemos que algo diferente tinha acontecido na nossa ausência: esperávamos ser recebidos como sempre com festa pelo nosso peludo amigo Sharo, mas em vez dele, nos aguardava uma verdadeira comitiva de funcionários, alguns carregando armas. Descemos da camioneta, e só então vi num canto do pátio um amontoado de paus, todos chamuscados; alguns quase totalmente queimados.

– Parte da nossa cerca – explicou o capataz do arrozal – os índios tentaram tacar fogo no dia que vocês viajaram.

– E Genival? – Perguntei.

– Genival morreu na quinta-feira passada num hospital em Boa Vista, para onde a Funai o levou quando passou mal no início da semana. A tribo já elegeu novo tuxaua e o escolhido foi o tal do Gerônimo, que vive com a filha do Genival, Janaína. Complicou! Ele não é nosso amigo; muito pelo contrário. Daí a tentativa de queimar a cerca.

– E Sharo? – Antônio viu alguns outros pastores alemães no pátio, mas o amigo dele não estava entre eles.

– Foi flechado! Ninguém viu, mas parece que ele avançou em cima dos índios que estavam queimando a cerca. Achamos ele já morto.

Percebi a expressão de horror no rosto do Antônio e senti que meu amigo estava muito abalado emocionalmente, perto de perder o controle. Não era hora de sentir pena e sim de oferecer uma mão amiga e um conselho equilibrado. Com a morte do Genival, o conflito tinha sido instaurado em Santa Virgínia.

Ao longo dos últimos anos, convivi intensamente com Antônio e aprendi a gostar dele pelas suas qualidades de amigo, companheiro, pai e administrador competente. Agora na fase final da batalha pela Raposa Serra do Sol, cada vez mais perto de perder a propriedade da fazenda Santa Virgínia, ele me surpreendia com uma outra qualidade, que me fazia admirá-lo ainda mais – a capacidade de conviver com a adversidade e entender e admitir opiniões diferentes das suas. Em mais de uma ocasião tinha-o visto discutir com representantes do Conselho Indígena de Roraima sem demonstrar irritação, mau humor ou arrogância.

No dia seguinte à nossa volta de Uiramutã, antes que acontecesse alguma tragédia maior, fomos procurar Gerônimo para uma conversa franca. Primeiro mandamos um primo dele, funcionário da fazenda, avisá-lo de que iríamos à aldeia desarmados em missão de paz.

Deixamos algumas horas de tempo para o outro lado se organizar e depois, acompanhados por alguns índios, que trabalhavam na pousada, nos aproximamos da aldeia. Ficamos parados numa área descampada, de forma que não tinha como ficarmos despercebidos. Pela demora de sermos atendidos, ficou claro que a recepção era hostil e que não éramos bem-vindos. No final, após uma hora de espera, apareceu Gerônimo acompanhado pelo Fernando, o irmão do meu filho Benjamim, e por alguns outros índios. Embora a recepção não fosse amigável, o fato de eles também estarem desarmados era um bom sinal. Esperamos Gerônimo falar primeiro e ficamos surpreendidos pelo bom português.

Com voz firme, Gerônimo explicou que os incidentes da semana passada não tinham sido ordenados por ele e que não iriam se repetir mais. Respiramos aliviados, mas logo em seguida o tuxaua deixou claro que o Conselho indígena de Roraima tinha assumido um compromisso com as autoridades brasileiras de evitar atos violentos até a saída da decisão judicial e que não tinha nenhum espaço para amizade entre nós.

Procurei o rosto do Fernando e senti que ele evitava cruzar olhares comigo.

Reconheço que eu estava muito nervoso e temia alguma reação impensada por parte do Antônio, mas ele só expressou nossas condolências pela morte do tuxaua Genival e encerrou a conversa. Não sei se nesta mesma situação eu conseguiria me manter tão calmo e tão equilibrado.

O amargo fim

Em junho de 2007, o STF determinou a desocupação da Raposa Serra do Sol por parte dos não índios, e em março de 2008, a Polícia Federal iniciou a fase final da Operação Upatakon, para retirar à força aqueles que resistissem à decisão judicial. O cenário era de guerra; por todos os lados se viam viaturas e oficiais da Polícia Federal, armados até os dentes. O governo de Roraima reagiu e reivindicou a suspensão da ordem de desocupação por julgá-la nociva aos interesses da maioria da população do estado. Por causa dos conflitos com vítimas fatais de ambos os lados, a operação foi suspensa mais uma vez até o julgamento de todos os processos relativos à homologação e o mérito das ações que contestavam a legalidade da reserva. Após sucessivas manifestações favoráveis, e outras contrárias, em 19 de março de 2009, em uma decisão histórica, os juízes do Supremo confirmaram a demarcação da Raposa Serra do Sol em área contínua, com prazo máximo da saída dos não índios até o dia 30 de abril de 2009. Assim, como Antônio Costa temia, o jogo estava terminando, e a derrota era nada menos que humilhante. Como esperado, não faltou júbilo por parte dos vencedores e até de alguns juízes:

"A partir de nossa decisão, o Brasil vai se olhar no espelho da história e não mais vai corar de vergonha. O Brasil agora, com esta decisão, resgata a sua dignidade, tratando os índios brasileiros como nossos irmãos queridos" – comemorou um eminente juiz da Suprema Corte.

Quando as decisões dos primeiros juízes saíram, foram todas unânimes a favor da demarcação contínua da reserva, e da saída imediata dos invasores – como agora eram taxados os colonos e os rizicultores – eu me encontrava em Manaus. Precisava falar urgente com Antônio, que devia estar arrasado. Temia que o amigo fizesse alguma coisa impensada. Os avanços tecnológicos dos últimos anos tinham tornado a vida no lavrado roraimense muito mais fácil e não faltavam mais meios de comunicação como tinha sido o caso até recentemente. As antenas parabólicas traziam o sinal da televisão que – bem ou mal – unia o imenso Brasil em volta dos mesmos assuntos: novelas, jogos de futebol e paixões políticas. Os telefones via satélite, e principalmente o telefone rural, representavam outra revolução que possibilitou a divulgação das notícias nacionais e internacionais em tempo real pelos cantos mais isolados da Amazônia. Como em qualquer outro lugar do mundo, as cotações do dia da bolsa de Chicago eram tema normal até nas conversas dos fazendeiros dos rios mais remotos da Amazônia. Eu sabia que, onde estivesse, Antônio Costa estaria acompanhando as votações em Brasília, e que já sabia da iminente derrota. Para ele e a família, era o fim do mundo! Tentei o telefone rural, o da casa em Boa Vista e liguei até para o celular da Conceição, mas nenhum atendeu. Eu queria expressar a minha solidariedade para o amigo que agora estava perdendo quase tudo que ele e a família tinham construído em mais de oitenta anos e duas gerações. Insisti várias vezes naquele dia, mas os telefones permaneceram mudos. Então, à noite, o telefone rural de repente funcionou, e eu ouvi a voz familiar do amigo:

– Já sei da votação do Supremo. – Informou Antônio, soando estranhamente calmo. – Era de se esperar que perdêssemos, mas a decisão unânime me surpreendeu. Bem, toda unanimidade é burra, já sabemos disso. Acho muito estranho que, em se tratando de uma questão tão controversa, todos os oito magistrados que votaram até agora tenham sido a favor da demarcação contínua. E olhe que em outras épocas vários juízes da mesma Suprema Corte chegaram a reconhecer a validade dos títulos de propriedade. Desta vez a pressão em cima deles deve ter sido ainda maior.

Concordei:

– Não consegui entender o argumento de alguns juízes de que aqueles que adquiriram terras naquela região de pretensas terras indígenas, mesmo sendo com o aval do governo brasileiro da época, na realidade não adquiriu coisa alguma e, portanto, não é portador de qualquer direito. Popularmente, este tipo de frase é conhecida como "enchimento de linguiça", falar por falar sem dizer alguma coisa.

– Muitas perguntas ficaram sem respostas. Como assim os títulos do próprio governo não valem mais? Por que no caso destas desapropriações as indenizações são tão baixas e não acompanham os preços de mercado? Ainda falta o voto de alguns juízes, mas não tenho mais esperanças. – Apesar da aparência calma, eu percebia a revolta do Antônio.

– Amigo, saia da reserva o mais rápido possível! Não espere mais! – Eu insisti. – O jogo acabou! Os argumentos dos juízes parecem perfeitos para o grande público que não conhece toda a realidade e não vive esta tragédia pessoalmente. Não vejo nenhuma possibilidade de reversão. Acredito que não se trata de má fé, como muitos colonos e rizicultores suspeitam; os juízes neste caso parecem acreditar de forma genuína que estão fazendo justiça. Na verdade, alguns fatos históricos, que não são do conhecimento do grande público, simplesmente não foram levados em consideração.

– Estou na fazenda com Conceição e as meninas. Acompanhamos o dia todo os acontecimentos, e por isso não atendi o telefone. Minhas filhas não conseguem entender o que está se passando! Afinal, nasceram aqui. A terra pertenceu aos avós delas, aqui enterrados. Agora, elas são declaradas invasoras e têm que sair da sua casa sob a mira de um fuzil! Será que um juiz destes poderia vir aqui e explicar a estas crianças o porquê desta decisão? Eu mesmo não consigo! – Continuava Antônio, indignado.

– Para as tuas filhas a ficha vai demorar para cair. Agora é importante que organize a vida da família daqui pra frente. – Argumentei. – Vou tentar te ajudar com tudo que posso.

– Amanhã vou levar as meninas para passear no lavrado. Agora não consigo pensar muito mais longe do que amanhã. – Disse Antônio, desanimado. – Tenho quarenta dias para retirar tudo da fazenda. Já vendi uma parte do gado. A outra parte os índios levaram e ainda restam em torno de quarenta cabeças de nelore, os cavalos e os pastores-alemães.

– Só mais uma coisa: tenha cuidado e evite atritos com os índios daqui para frente. Não cheguem perto da maloca do Genival! – Alertei o amigo e prossegui:

– Na semana que vem, pretendo te visitar em Boa Vista e podemos conversar mais. Vou ficar no hotel Aipana. Tenho alguns dias livres e posso ajudar na evacuação da fazenda. Talvez Alice queira ir comigo. Não conte ainda para ninguém até que eu confirme as datas.

Antônio gostou da ideia:

– Podemos realmente nos deslocar até Santa Virgínia e retirar o gado todo. Vou convidar Roberto e Maria Bonita para nos acompanhar.

Nos despedimos, não havia mais o que conversar.

A
despedida

Quando confirmei a minha viagem para Boa Vista e contei que comigo iriam Alice e os meninos, Antônio ficou radiante e logo decidiu:

– Vamos surpreender Conceição. Ela sente muita falta de vocês e vai adorar!

Dois dias mais tarde, Antônio ligou e confirmou tudo. Combinamos que a visita da minha família inteira seria surpresa também para Maria Bonita. Conceição, com ajuda da Maria, iria organizar um jantar para mim e outros convidados do marido e na hora, totalmente de surpresa, entrariam David, Benjamim e Alice. Também ficou acertado que passaríamos o fim de semana na fazenda Santa Virgínia, e só voltaríamos na segunda-feira, trazendo o resto do rebanho e grande parte dos pertences da família Costa.

Chegamos ao aeroporto na quinta-feira por volta do meio-dia e nos dirigimos diretamente ao hotel Aipana, que fica convenientemente localizado na praça central da cidade. No fim da tarde, Antônio e Roberto chegaram no hotel, cada um no seu carro, tomamos uma cerveja na piscina e nos dividimos em dois grupos – eu e Antônio, e Roberto com o resto da minha família. Chegamos quase ao mesmo tempo na casa dos Costa, no bairro de Paraviana.

Eu e Antônio entramos logo. Eu abracei Conceição e Maria e fiquei na conversa com elas como faria habitualmente. Tudo parecia normal. Antônio nos chamou na varanda para mostrar os lindos tambaquis que estavam sendo preparados para o jantar. Mostrei interesse vivo e elogiei o tamanho dos peixes; tudo como era esperado. Depois voltamos para a sala, onde encontramos Alice, David e Benjamim sentados em volta da mesa com a maior naturalidade como se estivessem ali há horas e nada extraordinário tivesse acontecendo. Só então, Maria Bonita e Conceição se deram conta de que tinham caído numa armadilha. No meio daqueles tempos difíceis de iminente perda definitiva da fazenda Santa Virgínia, apesar de tudo, ainda restou a alegria de estarmos juntos como nos velhos tempos. A sala se encheu de risadas.

Conceição confessou que tinha achado estranho Antônio ter convidado mais três pessoas estranhas na mesma noite que iriam me receber, mas não tinha questionado o marido. Naqueles dias, não faltavam razões para encontrar e combinar ações conjuntas com outros fazendeiros que enfrentavam os mesmos problemas.

Antônio iria precisar de ajuda para retirar o gado, os cavalos e também os equipamentos de irrigação e colheitadeiras. Muitos índios já estavam festejando a vitória e não escondiam sua impaciência com os colonos que ainda se encontravam dentro da reserva. Apesar da presença maciça da Polícia Federal, ainda existia o risco de explodir algum conflito, e isso poderia tornar especialmente vulnerável o transporte lento de equipamento pesado. Mais perigoso ainda era o transporte de animais cuja saída da reserva não era vista com bons olhos pelos índios. Corriam boatos de que nos últimos dias centenas de cabeças de gado tinham sido levadas por eles, e muitos outros animais tinham sido mortos.

– Todos nós tínhamos que vir. Não podíamos deixar vocês sós neste momento difícil. Afinal, a fazenda também foi nosso lar. – Confidenciou Alice. – Não sabemos se vamos ter outra oportunidade de nos despedirmos da Santa Virgínia e do lago Caracaranã. Imagino que não vai faltar o que fazer nos próximos dias. Agora, as crianças já são grandes e podem ajudar.

Que as crianças realmente tinham crescido bastante não era difícil de constatar! David tinha herdado meu porte atlético e, aos 19 anos, já era mais alto que eu. Da mãe, tinha os traços delicados e os olhos grandes de cor indefinida que pareciam sorrir o tempo todo. Benjamim, quase três anos mais jovem, era fisicamente muito diferente: os cabelos eram negros e lisos, a pele mais morena, a estatura um pouco mais baixa, e o corpo levemente mais carrancudo. Tudo nele indicava claramente a origem indígena, menos os olhos claros cuja cor, dependendo da luz, variava de marrom claro a verde e cinza.

As filhas do Antônio e Conceição também tinham sofrido uma grande transformação! Taiana, apenas meses mais jovem que David, tinha desabrochado de forma espetacular e agora era uma mulher completa. A mistura de sangue búlgaro com wapichana, e ainda com nordestino de origens mais variadas e desconhecidas, tinha produzido um biotipo bonito e muito diferente. Os cabelos castanhos-claros, quase loiros; os olhos amendoados de oriental, só que de cor verde, que quase desapareciam quando sorria, a pele clara, queimada pela constante exposição ao sol, as pernas torneadas e a postura bem feminina, mas com um certo porte atlético resultante dos anos passados na fazenda... Tudo contribuía para a formação da figura encantadora de uma mulher jovem de rara beleza.

– Uma linda mulher! – Como sempre Alice adivinhou certeira os meus pensamentos. – A irmã dela, Iara, ainda tem traços de criança, mas também promete logo se tornar uma beldade exótica. Uma coisa chama a minha atenção: elas são lindas vestidas em roupas casuais e sapatos esportivos, mas não sei se ficariam tão bem de salto alto! Não acho que nasceram para serem dondocas.

Conceição que também estava observando o grupo jovem não se conteve:

– Santa Virgínia pode se orgulhar. Ajudou a criar estes jovens tão esplêndidos! Sorte nossa!

– São eles que me dão forças para continuar. – A voz do Antônio saiu cansada, quase chorosa, mas ele conseguiu se recompor imediatamente:

– Amigos, amanhã cedo saímos em três carros para Caracaranã. Pegamos vocês às sete horas no hotel. Já avisei os Correa de Melo que vamos passar pela pousada deles. Me informaram que não vamos poder pernoitar ali porque a pousada já está fechada. Então, vamos dormir na casa da dona Benedita. Foi lá que nos encontramos pela primeira vez há dezoito anos, lembram? De Normandia, no dia seguinte, vamos a Santa Virgínia, onde ficamos duas noites. Na volta, vamos acompanhar os caminhões com os nelores, os cavalos e os cachorros.

Durante o jantar, os jovens formaram uma mesa bem animada. Fazia três anos das últimas férias que tinham passado juntos na fazenda e muitas coisas, em primeiro lugar eles mesmos, tinham mudado. Taiana contou que, embora tivesse estudado um ano de Direito, estava tão desencantada com a matéria, depois dos recentes acontecimentos, que iria mudar de ramo.

David arriscou prontamente:

– Medicina veterinária, na certa?

– Isso mesmo! – Confirmou Taiana. – E você?

– Estou fazendo o primeiro ano de Administração em Manaus, mas também estou considerando uma outra possibilidade – estudar no exterior, gostaria que fosse nos Estados Unidos, como já é uma tradição na família Hazan.

– Vai precisar de Inglês fluente! – Considerou Taiana.

– Já estou no nível avançado do ICBEU, mas vou ter que melhorar bastante para fazer um bom TOEFL. – Respondeu David, mostrando bom conhecimento do assunto.

– Embora ainda não faça ideia o que vou estudar, eu também estou caprichando no Inglês. – Informou Benjamim – Meu pai sempre diz que hoje em dia o analfabeto é aquele que não fala inglês e não manja de computação.

– Já eu estou decidida. Vou estudar Medicina. Só que diferente da minha irmã que prefere os animais, eu prefiro lidar com gente. – Brincou Iara.

Claramente a conversa dos jovens era mais interessante que a nossa e era fácil de perceber que nós prestávamos mais atenção aos assuntos deles.

Por causa da constante presença de viaturas da Policia Federal na estrada BR-401, um certo nervosismo pairava no ar, mesmo antes de entrarmos na reserva Raposa Serra do Sol. O comboio de três picapes cabine dupla foi parado pela primeira vez logo depois da cidade de Bonfim. Fomos convidados a descer dos carros e nos identificar. Antônio explicou que estávamos indo primeiro a Normandia, e depois à fazenda Santa Virgínia para retirar nossos pertences e os animais que ainda permaneciam na fazenda. O delegado primeiro se certificou de que o grupo não estava armado e então questionou a presença das mulheres e dos jovens:

– Mais parece piquenique que evacuação! – Ironizou.

Temendo alguma reação nervosa, não deixei Antônio falar e logo tratei de informar a localização exata da fazenda e assegurei a saída do grupo em três dias.

– No final, temos até o dia 30 de abril, não é? – Perguntou Taiana. O delegado argumentou que logo, logo, muito antes daquela data, sem permissão especial os não índios não estariam autorizados a entrar na reserva. Ficariam limitados às vias federais e estaduais sem permissão para sair delas. Não podíamos nos queixar do tratamento – era firme e rígido, mas os agentes eram gentis.

Um dos homens que acompanhavam os federais reconheceu o professor Roberto, de quem tinha sido aluno na Universidade Federal de Roraima, e isso facilitou o diálogo.

Prosseguimos viagem e fomos parados uma segunda vez já na entrada da reserva. O procedimento era parecido com o primeiro e ficou patente que os policiais tinham se comunicado entre si pelo rádio, e que a caravana de três carros já era esperada. Fomos de novo alertados de que não poderíamos portar nenhum tipo de armas e que deveríamos evitar contatos com os índios.

Não aconteceu mais nada; quase não havia outro tráfego na estrada, e assim um pouco antes de meio-dia entramos no estacionamento, agora completamente vazio, do lago Caracaranã.

Ainda na entrada, nos chamou atenção que os chalés estavam de portas escancaradas e que não tinha mais luz elétrica.

Desta vez não tinha ninguém na praia e, apesar do vento bom, nenhuma vela colorida alegrava as águas verdes do lago.

– O mais certo seria pernoitar aqui e curtir mais uma vez a cruviana. – Antônio se referiu ao constante vento fresco que amenizava o calor e até chegava a causar arrepios.

– Prefiro ir embora – Conceição nos surpreendeu.

– Dói no coração! Este lugar que conheço desde jovem, sempre foi tão cheio de vida! Acho que vou passar mal se ficarmos aqui mais tempo.

Não tinha como não atender ao pedido dela! Passamos apenas alguns minutos no lago e continuamos para Normandia. A cidade tinha dobrado de tamanho nos últimos anos, mas ainda continuava bem pequena. Almoçamos numa bonita e bem cuidada lanchonete e, como ainda era cedo, aproveitamos e subimos a pé a Serra do Cruzeiro, donde se abria um panorama espetacular para todos os lados: desde o lavrado e Monte Roraima, até o vale do rio Maú. Chegamos na pousada no fim do dia, já bastante cansados. A casa da Dona Beneditina, onde as famílias Costa e Hazan se encontraram pela primeira vez dezoito anos antes, agora fazia parte da pousada da vizinha, dona Amélia. Dona Benedita, sobrinha do fundador da cidade, tinha falecido fazia alguns anos, e agora o pequeno hotel oferecia serviços menos personalizados, porém bem mais profissionais. Para surpresa de todos, a primeira pessoa que encontramos no saguão da pousada foi seu Joaquim Correa de Melo, agora um senhor idoso de quase 90 anos, ainda com o mesmo olhar vivo e só um pouco mais calvo, além das sobrancelhas totalmente grisalhas. Quando viu Antônio, os olhos dele se encheram de lágrimas:

– Meu amigo! Meu amigo! Meu filho me avisou que você viria hoje. Vê-lo de novo representa um pouco de alegria no ano mais triste da minha vida! Teu pai tem muita sorte de não passar por esta "afronta".

Melo enxugou as lágrimas e lamentou:

– Eu nasci nesta terra e sempre pensei que iria ser enterrado aqui, assim como foi Dona Cândida Menezes, minha mãe. – Muito abalado, ele fez um longo relato das noites sem sono em que não parava de remoer a perda da fazenda Casa Branca, que abrangia o lago Caracaranã e que, segundo ele, pertencia à família desde 1816.

– Da minha linda propriedade guardei apenas duas garrafas com água do lago, seis saquinhos de areia, além de galhos e folhas dos cajueiros.

– Tenho certeza de que um acordo com os índios era possível, mas o governo preferiu nos expulsar e, obediente, a justiça aceitou. Para dar ar de legalidade, em troca da fazenda Caracaranã, nos ofereceram uma outra área, só que tão remota que nem tem como chegar lá, e a indenização em dinheiro não dá sequer para custear as despesas de assentamento. Em minha pousada, cheguei a hospedar mais de cem pessoas por dia nos chalés e outras duzentas acampando. Meu restaurante bombava todos os fins de semana. Tudo isso não valeu nada para essa gente!

Seu Joaquim não parava de falar, mas logo apareceu uma neta dele que, sem esconder sua preocupação com o estado nervoso do avô, habilmente o distraiu e o levou para fora do hotel.

– Devem estar hospedados em casa de parentes. Aqui, em Normandia, a família deles é muito importante! A neta dele é minha colega da faculdade! – Taiana conhecia aquela jovem. – Todos eles estão muito abalados! Nosso professor de direito sempre repete a frase do Rui Barbosa: "a justiça, cega por um dos dois lados, já não é justiça. Cumpre que se enxergue por igual à direita e à esquerda". Desta vez ela enxergou só um lado.

Pouco mais tarde, a neta do Joaquim apareceu de novo no hotel e explicou:

– Meu avô fica emocionado quando fala no nosso lago. Hoje ele está muito sensível porque lembrou do grande amigo, seu Mário Costa. Estava esperando por vocês desde ontem e todo este tempo não parou de falar nos velhos tempos! Sinceramente não acho que esta emoção faz bem a ele. Tomou uma pilulazinha e deve dormir até amanhã.

No dia seguinte, com a primeira luz do dia, nossas três camionetas picapes saíram de Normandia e se dirigiram a RR-319 em direção a Santa Virgínia. Choveu durante a noite e a estrada não estava mais tão bem cuidada como antes, quando a pousada estava funcionando e a manutenção era quase que diária. O barro molhado estava bastante escorregadio e, embora não tivesse poeira, não podíamos andar rápido. Com o início das chuvas, o lavrado tinha perdido um pouco da cor amarela predominante, típica naquela paisagem. Levou o dobro do tempo que normalmente era necessário para chegar ao terminal da Santa Virgínia. Logo na entrada do terminal, nos deparamos com dois carros da Polícia Federal, parados na sombra dos arbustos. Reconhecemos na hora a mesma equipe de seis homens que nos tinha parado no dia anterior, perto da cidade de Bonfim – até o aluno do Roberto estava lá!

– Estamos esperando vocês! – Confirmou o delegado – Ainda ontem visitamos sua propriedade e, diferente de em algumas outras fazendas onde nem nos deixam entrar, fomos bem recebidos pelo seu pessoal, senhor Antônio.

– Minhas ordens são de receber todo mundo bem – respondeu Antônio; inclusive os índios! Esta foi a tradição na fazenda Santa Virgínia nos últimos 76 anos.

– Vocês estão armados? – O delegado mudou bruscamente de assunto.

– Delegado, ontem lhe respondi esta pergunta. Deveríamos estar, mas não estamos armados por imposição das regras malucas deste jogo. Tanto que ontem o senhor achou que iríamos fazer piquenique, não foi? Estou aqui para pegar minhas quarenta reses, meus cavalos e cachorros e alguns pertences pessoais. – Rebateu Antônio.

– Contamos trinta reses em pé e cinco mortos, além de quatro cavalos e três pastores-alemães, um deles muito ferido. – Informou o delegado.

– Morreram de quê? E as outras cinco reses? Evaporaram? O que está acontecendo? – Antônio não conseguia acreditar.

Sem responder às perguntas, o delegado continuou:

– Estamos aqui para protegê-los. Ficaremos por perto durante os dois dias que vocês pretendem ficar por aqui. Se for preciso, podemos nos comunicar pela fonia.

– Podem ficar aqui dentro da pousada. Seria mais confortável para vocês. – Ofereceu Antônio já um pouco mais calmo.

– Melhor não. – Respondeu o delegado. – Estaremos por perto e sempre muito atentos à fonia. Recomendo que andem em grupo e não saiam da pousada.

– Pensei em fazer um passeio de cavalo no lavrado. Nesta época, sempre aparecem os lavradeiros. – Taiana não se conformava com as limitações impostas pelo delegado.

– Senhorita, entenda que não é mais tempo de passeios. Não podemos garantir a segurança de ninguém, ainda mais a cavalo e fora da estrada. Não dificultem nossas vidas e não arrisquem as suas. Evitem ao máximo os contatos com os índios! – O delegado estava falando muito sério.

– Pelo menos podemos ir à praia e podemos pescar amanhã. Os caminhões para carregar os animais vêm amanhã à tarde. Saímos para Boa Vista depois de amanhã, cedo, aproveitando a primeira luz do dia. Aluguei espaço em uma fazenda para guardar os animais até vendê-los. – Informou Antônio.

Perguntei o que seria feito com os cavalos e os cachorros.

– Vou vender os nelores, mas ainda não sei o que fazer com os cavalos. Até pensei soltá-los no lavrado, mas acho que não seria uma boa ideia, porque eles são mestiços e interferiríamos com a natureza e a raça dos lavradeiros. Tem que achar uma outra finalidade para eles. Vou ficar com um pastor, o próximo Sharo, na minha casa em Boa Vista. Quanto aos outros dois, eu ainda não sei o que fazer. – Respondeu Antônio.

Alice e eu ainda consideramos a possibilidade de levar os quatro cavalos e os pastores para a fazenda dos nossos primos em Maués, no Amazonas, quando Taiana chegou com a notícia que o pastor ferido tinha morrido.

Passamos o próximo dia preparando a mudança definitiva dos Costa. Juntamos primeiro todos os documentos familiares, o famoso livro "A selva" que estava entre eles, e uma caixa de papelão repleta de fotografias antigas da wapichana Iolanda e o Mário Costa ainda jovem.

– Como eles eram jovens e bonitos! – Exclamou Alice – Olhando bem, Taiana e Iara, embora de pele mais clara, são muito parecidas com a avó delas.

Uma outra caixa de papelão maior continha alguns poucos retratos do Antônio quando criança, quase sempre em companhia do pai, e muitas fotografias mais recentes dele já com Conceição e as meninas. No fundo da caixa, encontramos uma caixinha de madeira, cuidadosamente fechada com pregos.

– Faz séculos que não vejo! – Exclamou Antônio. – Meu pai me mostrou esta caixinha antes de morrer e insistiu que esta seria nossa última reserva para os tempos difíceis. Contou que nela tinha guardado durante mais de cinquenta anos o primeiro minúsculo diamante que havia encontrado em 1933. Ele vendeu aquele valioso talismã, quando precisou de dinheiro para viajar ao Rio de Janeiro para o encontro com nosso amigo búlgaro que ficou milionário com a venda de cristais gigantes. Quando o senhor Ilia Deleff soube desta história, insistiu em substituir o talismã e presenteou meu pai com um dos diamantes que ainda guardava dos nossos tempos de garimpo. Então, nos últimos 20 anos esta caixinha preta que vocês estão vendo tem este novo ocupante, que, segundo meu pai, é até mais valioso que o primeiro. – Explicou Antônio.

Todos morríamos de curiosidade de ver a pedra e, depois de retirar os pregos com cuidado, Antônio tirou de dentro uma pequena bolsa de couro da qual com extremo cuidado retirou a pedra. Senti Alice segurar a respiração! Para surpresa geral o diamante não tinha nada de pequeno; até para os olhos de um leigo, era claro que se tratava de uma pedra bastante grande.

Mais surpreso de todos estava Antônio. Incrédulo, ele não se conteve e exclamou:

– Pensei que se tratava de uma pedrinha qualquer! Eu lembro deste diamante; ele foi a maior pedra que garimpamos juntos logo no nosso primeiro dia naquele bendito igarapé no alto rio Tacutu. Lembro que meu pai comentou, então, que este diamante vale muito dinheiro. Eu tinha onze anos.

Enquanto eu e Alice ajudávamos Antônio e Conceição, os jovens percorreram a praia que havia sido seu "parque de diversões" durante a infância. Ao final da tarde, como tínhamos feito muitas vezes durante os anos, quando a fazenda foi nosso lar, nos encontramos na ponta da pedra para contemplar o pôr do sol. Permanecemos em silêncio tentando guardar na memória os últimos momentos no paraíso do qual estávamos nos despedindo para sempre. Assistimos calados mais uma vez o jogo tão familiar de luzes, que era característico para aquele lugar encantado. Então, bem na hora de o sol mergulhar nas águas calmas do rio, um som estranho rasgou o silêncio e nos levou de volta para o mundo real: os caminhões para transporte dos animais acabavam de chegar.

Ainda moravam na fazenda alguns dos antigos funcionários, todos eles da aldeia do Genival. Embora eles fossem ficar depois da saída da família Costa da reserva, era óbvio que não estavam muito felizes, afinal estavam perdendo seu ganha-pão. Era uma situação dramática para eles também, até porque estavam sendo hostilizados por aqueles que não aprovavam o emprego na fazenda. A incerteza pairava sobre o destino deles com quase a mesma intensidade que sobre o nosso.

No dia seguinte, começamos a carregar os animais nos caminhões, algo que levou algumas horas. Por último, Antônio quis se despedir das sepulturas dos pais.

– Eu tinha a opção de levar os restos mortais dos meus pais para Boa Vista, mas desisti da ideia. Este é o lugar deles, e tenho certeza de que eles não gostariam de sair daqui. Espero que fiquem em paz. Normalmente os índios respeitam muito os mortos. – Seus olhos estavam cheios de lágrimas.

Era quase meio-dia, quando nos despedimos dos poucos funcionários, que ainda permaneciam na pousada, e o comboio partiu.

Na saída da fazenda, encontramos as viaturas da Polícia Federal, que estavam esperando discretamente por nós. Antônio desceu do carro e levou um molho com todas as chaves de todas as dependências e o entregou ao delegado. De longe, eu o observava com um misto de admiração e pena. Sabia bem como esta hora era difícil para meu amigo que, nos últimos dias, parecia ter diminuído de tamanho e envelhecido uma dezena de anos.

A estrada estava em melhor estado porque nos últimos dias não havia chovido. Agora, o problema era a densa poeira que reduzia drasticamente a visibilidade dos condutores. A poucos quilômetros adiante, quando passamos não muito longe da maloca do tuxaua Genival, nos deparamos com um grupo grande de índios, que assistia à nossa passagem. Entre eles, foi fácil reconhecer alguns funcionários que tinham convivido com nossas famílias durante anos, e Antônio parou. Esta última despedida não tinha sido planejada, mas foi a mais emocionante e espontânea. Assim, todos nós descemos das picapes.

– Gostaria muito de falar com tuxaua Gerônimo. – Antônio surpreendeu a todos.

Alguém foi chamar o tuxaua, mas pela demora logo ficou claro que ele não iria comparecer. Quem apareceu no lugar dele foi Fernando, o irmão do meu filho Benjamim, a quem a gente já conhecia. De novo pudemos constatar a impressionante semelhança dos dois irmãos que agora eram homens e não mais crianças. O rosto era quase totalmente idêntico e, nos últimos tempos, Fernando tinha crescido bem; agora estavam quase do mesmo tamanho. Se não fossem as roupas diferentes, seria difícil até para nós distinguir um do outro.

Não deu tempo para mais nada. Naquela mesma hora chegaram as viaturas da Polícia Federal e o delegado gesticulando nervoso, chamou Antônio e eu para uma conversa:

– Pensei que tínhamos combinado evitar contato com os índios. Era parte do nosso acordo. Saiam agora mesmo! Já! – Determinou ele bastante irritado.

Não adiantaria justificar que estávamos nos despedindo dos funcionários antigos, nem daria tempo para explicar a complicada história dos gêmeos Benjamim e Fernando. Mediante esta ordem expressa, não havia outra coisa a fazer senão obedecer e partir.

Assim, sem maiores despedidas, o comboio formado pelas nossas três picapes que, por conta da poeira eram obrigadas a deixar uma boa distância de uma para outra, seguidas pelos dois caminhões carregados com os animais, voltou a se arrastar devagar em direção à estrada principal.

A última coisa que vi no espelho retrovisor era o rosto do Fernando, que ainda parecia esperar trocar pelo menos uma palavra com o irmão. Eu estava no volante e Benjamim estava sentado atrás de mim, portanto não tinha como olhar para ele diretamente. Ajustei o espelho retrovisor interno e vi a expressão do rosto dele – assim como Fernando, ele parecia totalmente desorientado e não conseguia esconder sua profunda decepção.

Depois desse acidente, ficamos calados por um bom tempo, cada um absorvido em seus pensamentos e lembranças.

– Antônio, você acredita que a Companhia Nacional de Abastecimento vai conseguir mesmo fazer a colheita por vocês? – Perguntou Roberto, referindo-se ao acordo firmado entre o governo e os arrozeiros. Como todos tinham que sair da reserva logo, ainda ficava pendente a próxima safra de arroz, que a CONAB prometia colher e devolver aos fazendeiros.

– Não sei se esse acordo vai funcionar na prática, mas tudo que pode compensar um pouco dos nossos prejuízos será muito bem-vindo. Preferia receber o valor correto da minha terra, mas aí é pedir demais! – Disse Antônio desmotivado.

Se já andávamos devagar com nosso comboio de cinco, de repente a velocidade baixou ainda mais! Encostamos em uma fila de veículos que fazia a mudança de várias outras fazendas e plantações de arroz. Nos encontramos no meio de um imenso poeiral que só não era mais denso porque o vento soprava sem parar e levava as pequenas partículas de terra seca suspensas no ar, em direção à serra. Uma hora o vento soprou mais forte e, com o ar mais limpo, percebemos que entre os veículos à frente dos nossos, tinha alguns caminhões carregados com gado e outros animais domésticos, picapes, jipes, colheitadeiras, tratores, equipamento pesado de irrigação e até veículos militares.

Como num gigantesco féretro, o comboio que parecia não ter fim arrastava-se devagar pela estrada de terra batida. Na travessia das pontes precárias de madeira, improvisadas sobre os rios e córregos que cortam a imensa planície, o avanço ficava mais lento ainda. Precisávamos ter paciência. Com muita sorte, chegaríamos no asfalto no início da noite.

Dois dias mais tarde voltamos a Manaus. Não havia mais nada que pudéssemos fazer pelos nossos amigos.

A resistência de alguns fazendeiros demorou mais alguns dias. Paulo César Quartiero ainda se recusou a acatar a determinação verbal dos delegados da Polícia Federal para que deixasse a área, e exigiu ordem escrita da justiça. Não adiantou muito – em poucas horas a tal ordem foi pacientemente providenciada. Logo depois da saída dele, capitulou também Adolfo Esbell, o último fazendeiro que ainda resistia.

2015, seis anos depois

Apesar da facilidade de viajar de Manaus para Boa Vista pela estrada nos últimos anos, tenho encontrado meu amigo Antônio muito pouco. Uma vez ele e Conceição vieram a Manaus de carro só para ficarem horrorizados com o trânsito e o acúmulo de gente na cidade grande. Não foi uma viagem agradável como gostaríamos porque por acaso coincidiu com a morte inesperada do fundador do nosso clã na Amazônia, meu tio Licco Hazan. Antônio é bastante avesso a jornadas longas e nunca mais consegui que ele e Conceição viajassem conosco. Na verdade, queria levá-los à Europa e, quem sabe, especialmente à Bulgária, onde poderíamos procurar parentes do pai dele, Marin Kostov e visitar o museu com os cristais gigantes do Ilia Deleff.

A família Costa ainda mora na mesma casa em Boa Vista, no bairro de Paraviana, mas eles passam os dias de semana em uma nova fazenda a uma hora e meia da cidade, onde cultivam verduras orgânicas, que abastecem o mercado de Boa Vista. Tantos anos depois, Antônio voltou para a profissão original do pai dele, Marin Kostov, e aparentemente conseguiu superar grande parte do trauma da perda da Santa Virgínia. Na nova fazenda, que não se compara nem em tamanho e muito menos em beleza com a Santa Virginia, a família ainda mantém o estilo de vida rural que todos adoram. Lá eles têm algumas cabeças de gado, cavalos e pastores-alemães; tudo lembrando de longe a glória dos tempos passados no Rio Surumu. Quando inauguraram a primeira estufa com verduras, Alice e eu passamos uma semana com eles nessa nova fazenda. Taiana, que acabava de se formar em medicina veterinária, nos acompanhou e ainda fizemos várias excursões de cavalo como nos velhos tempos. Não encontramos nenhum cavalo lavradeiro, mas ela afirma que, em certa época do ano, eles se aproximam muito daquela região e podem ser vistos com facilidade. Devido ao interesse crescente, Taiana está estudando a possibilidade de levar grupos de turistas para observar os cavalos. Iara, que é a mais urbana das duas irmãs, estuda medicina em São Paulo e sempre quando viaja de volta para casa, para em Manaus e passa alguns dias conosco.

Nosso filho, David, conseguiu bolsa de estudos e está realizando seu sonho de cursar MBA em uma renomada universidade nos Estados Unidos.

Benjamim se formou engenheiro e trabalha comigo. De todos nós, ele é o mais ligado a Roraima e visita Boa Vista com alguma frequência. No ano passado ele e Janaína escalaram o Monte Roraima, algo que eu e Alice também queremos fazer um dia.

Os jovens ainda mantêm entre eles contatos frequentes, possibilitados pelos meios modernos de comunicação que, diferente do passado, são de excelente qualidade, e quase sem nenhum custo.

Recentemente, todos os membros das duas famílias foram incluídos num grupo chamado "Famílias Costa/

Hazan", onde podemos trocar mensagens sempre que quisermos. Eu ainda prefiro falar pelo telefone; mas devo reconhecer a eficiência destes novos meios, onde teclar é mais comum do que falar.

Uma das últimas notícias vindas dos Costa foi que Antônio tinha sido procurado pelo jovem Fernando Macuxi, o irmão gêmeo de Benjamim, que teria demonstrado interesse em encontrar e conhecer melhor o irmão. Reconheço que fiquei na dúvida se isto seria uma boa ideia. Ainda guardo na memória as imagens desoladas dos dois irmãos na ocasião da nossa improvisada despedida da fazenda Santa Virgínia, quando pressionados pela Polícia Federal saímos às pressas sem eles pelo menos trocarem uma palavra. Confessei esta minha preocupação, primeiro para Alice, e ela, rápida no gatilho que é, foi taxativa em afirmar que nós deveríamos até incentivar esse contato dos dois irmãos de sangue. Não iria ser fácil pois, embora bastante aculturado e formado pela Universidade Federal de Roraima, Fernando tinha sido criado no universo pequeno da tribo, enquanto o irmão dele Benjamim recebeu a educação cosmopolita do mundo globalizado. Para complicar o que já não era fácil, um irmão era indígena católico e o outro, judeu.

Coincidência ou não, enquanto me preparava para iniciar essa conversa com Benjamim, ele me procurou e contou que estava planejando outra viagem a Roraima, esta vez com a intenção de conhecer um pouco mais das suas raízes e, pelo menos, atravessar a reserva Raposa Serra do Sol a caminho de Normandia, nem que fosse só passando pelas estradas federais. Não falou diretamente em procurar seu irmão Fernando e Janaina, sua verdadeira mãe, mas eu senti que encontrá-los fazia parte do plano dele.

A conversa fluiu e eu contei sobre o recente contato do Fernando com Antônio. Sei que no dia seguinte, depois do nosso papo, Benjamim já tinha entrado em contato com Antônio e logo conseguiu se comunicar com Fernando. As coisas andaram com uma surpreendente velocidade, e logo ao grupo Costa-Hazan começou a discutir uma possível visita à Raposa Serra do Sol, ao lago Caracaranã e à cidade de Normandia. Não foi nada fácil conciliar o tempo disponível de cada um com as chuvas, que castigam o lavrado de abril ao início de outubro. Para aproveitar melhor a visita, sem dúvida, seria recomendável esperar a seca, quando a vida brota no lavrado e os índios caçam, pescam nos rios, constroem e reparam suas casas de barro, madeira e folhas de palmeiras e visitam as tabas vizinhas.

Sabíamos que com consentimento dos índios já era possível fazer visitas breves ao lago Caracaranã. Embora a pousada estivesse fechada, valeria a pena passar pelo menos uma tarde naquele lugar, que significa muito para todos nós. Seria um consolo, já que não esperávamos poder sair da estrada principal e visitar Santa Virgínia sem uma licença da Funai, que era improvável de se conseguir ainda mais pelos antigos donos da fazenda.

Assim, depois de longas conversas, numa segunda-feira, dia 26 de outubro de 2015, Benjamim, Alice e eu saímos de Manaus de manhã em uma picape, cabine dupla, 4×4, adequada para as estradas escorregadias da Raposa Serra do Sol e chegamos sete horas mais tarde em Boa Vista. Apesar do planejamento longo desta viagem, nem todos os interessados conseguiram se organizar e participar. Desde o início, sabíamos que David e Iara não iriam poder nos acompanhar – ele não podia faltar às aulas na faculdade e ela estava no meio de estágio importante num hospital em São Paulo. Ainda perdemos Alice que resolveu acompanhar Conceição, a essa altura, não gozando de boa saúde. As duas amigas preferiram ficar juntas na casa em Boa Vista. Com mais esta baixa, o grupo ficou pequeno: apenas Benjamim, Taiana, Antônio e eu, e então resolvemos utilizar apenas a minha picape.

A viagem até Caracaranã agora leva só três horas e o maior trecho da estrada, de quase 100 quilômetros, está asfaltado. Conforme combinado, chegamos por volta de meio-dia, e encontramos Fernando Macuxi bem na entrada da antiga pousada!

O primeiro momento do encontro foi um pouco tenso, mas Fernando não perdeu tempo e soube conduzir a conversa, tanto que pouco depois o clima ficou bem relaxado. Era difícil acreditar que os dois gêmeos estavam finalmente juntos e conversavam pela primeira vez na vida. Mais parecia que, nos seus 23 anos, eles nunca tinham se separado. Fernando contou que algumas coisas tinham melhorado na vida dos índios após a saída dos colonos e dos arrozeiros da reserva, e que outras tinham piorado bastante apesar das promessas do governo federal.

– Faltou assistência. Nós não dominamos as técnicas agrícolas avançadas dos arrozeiros. Precisamos de assistência técnica para melhorar e aumentar a nossa produção, que atualmente vem de pequenas roças.

As plantações verdes de arroz irrigado não existem mais, tudo secou e não produz nada. – Confessou Fernando.

– Um monte de gente saiu da reserva e agora vive na periferia de Boa Vista em condições precárias. Lamentavelmente, uns arranjaram subemprego nos lixões, e algumas meninas se prostituem para sobreviver. – Não escondeu Fernando.

– Na minha nova fazenda, empregamos alguns antigos funcionários da Santa Virgínia. – Confirmou Antônio.

– Minha mãe Janaína ainda mora aqui na reserva, mas Gerônimo, meu padrasto, passa maior parte do tempo em Boa Vista. Está velho e desgastado. Na época prometeu mundos e fundos e também se indispôs com muita gente, que agora está cobrando.

Esta parte já conhecíamos. Com a saída dos colonos e dos arrozeiros da Raposa Serra do Sol, Gerônimo tinha se tornado o mais importante representante do Conselho Indígena de Roraima na aldeia. Com o não comprimento das promessas e a omissão do estado com relação a investimentos na área da saúde, educação e infraestrutura, ele nunca conseguiu se consolidar na liderança e rapidamente perdeu o prestígio na pequena comunidade. Isto, imaginei, abria o caminho para o jovem Fernando.

– Segui os conselhos do meu avô Genival e me dediquei aos estudos. Este ano me formo em Administração na Universidade Federal de Roraima e depois volto para casa. – Contou ele – Quero ajudar a minha gente a melhorar de vida. Não basta ser dono da terra, se não consegue comida para os filhos. Ao contrário do que o resto do mundo pensa, nós, índios, não vamos voltar a viver da caça, usando capemba de buritis no pé, e a bunda aparecendo. Vovô Genival entendia isto muito melhor que a Funai. Ele sempre insistia que o nosso mundo muda junto com o seu, e que a integração é mais produtiva que a separação. – Desabafou Fernando e Benjamim concordou com ele:

– Não é isto que acontece aqui e o que as políticas públicas brasileiras pregam. No Brasil por enquanto prevalece a visão poética, ignorando o fato de que para desfrutar de saúde, educação, diversão, comida, televisão, eletricidade, estradas, pontes e internet – e ainda preservar sua cultura – os índios precisam trabalhar e produzir riquezas como os outros brasileiros.

Realmente! Bastava olhar em volta – pouco tinha sobrado dos chalés do Sr. Joaquim e do restaurante que conhecíamos bombando em outras épocas. Nós éramos os únicos visitantes, só no fim do dia chegou um outro carro com dois ocupantes, que pagaram a entrada insignificante, permaneceram menos de uma hora na área e continuaram viagem. No estado que se encontrava Caracaranã, não se oferecia nenhum conforto; apenas servia para um rápido mergulho na água cristalina, ou então para tirar uma foto bonita.

O dia passou rápido. Mais uma vez assistimos ao pôr do sol que, indiferente com as mudanças que ocorriam na terra, continuava dando seu espetáculo de sempre. Naquele dia, não apareceu a Lua e um pouco antes de ficar completamente escuro sugeri que nos dirigíssemos a Normandia, onde podíamos pernoitar na pensão da Dona Amélia. Fernando insistiu em ficar e Benjamim e Taiana resolveram acompanhá-lo. Tínhamos redes no bagageiro do nosso carro e até que poderíamos ficar todos, mas Antônio me deu um sinal discreto de que ele preferia deixar os jovens a sós. Então, deixamos alguns sanduíches e água e pegamos a estrada. No carro Antônio explicou:

– Oleg, amigo, estes três jovens podem fazer uma grande diferença no futuro da Raposa Serra do Sol. Benjamim e Taiana estão encantados com Fernando e – tenho quase certeza – que vão querer ajudá-lo no que se propõem. Sem a gente eles vão se sentir mais à vontade; afinal, eles, assim como eu, são mestiços nascidos e crescidos aqui. Quem sabe a história toda um dia possa ter um final mais feliz.

– É muito cedo para tirar conclusões, mas uma coisa chamou a minha atenção: reparei um certo clima entre Taiana e Fernando. – Soltei sem querer e fiquei com vontade de morder a língua.

Antônio riu e completou:

– Fernando me confidenciou que o avô dele, Genival, sempre esteve secretamente apaixonado pela minha mãe. Duas gerações mais tarde a paixão pode ter ressuscitado entre os netos da wapichana, Iolanda, e o macuxi, Genival. Quem sabe, desta vez pode dar certo.

Na nossa frente apareceram as luzes de Normandia.

Estava dirigindo no trânsito pesado de Manaus e não prestei muita atenção ao primeiro toque do meu telefone indicando a entrada de uma nova mensagem de WhatsApp. Não demorou e chegou uma outra e depois o telefone pareceu endoidecer de tantos toques. Só pude concluir que estava acontecendo alguma coisa diferente e esta conversa agitada deveria estar se passando num dos três grupos, em que meus filhos me incluíram meio que contra a minha vontade. Eu pouco participava das conversas dos grupos dos quais fazia parte: "Primos Hazan", outro "Família Costa/Hazan" e terceiro da "Comunidade tenista de Manaus". Então, tocou o telefone mesmo e eu consegui ver de banda que David estava tentando falar comigo. Tinha acabado de entrar na Avenida Eduardo Ribeiro, onde o tráfego era especialmente pesado, e era difícil encostar o carro em algum lugar e atender o telefone. A ligação terminou. Não estava longe do meu escritório e então continuei dirigindo. Mensagens continuavam entrando uma atrás da outra e pela primeira vez naquele dia eu fiquei alarmado. Mal desci do carro e o telefone tocou de novo. Agora era Alice e eu consegui atender.

– Você não atende telefone! Todos querem falar contigo, já telefonou até o Antônio de Boa Vista, e o David dos Estados Unidos e você não responde. Não viu as mensagens no WhatsApp, que não param de entrar? Abra esse teu telefone! – Ela me deu uma bronca e desligou. Só não fiquei mais alarmado porque a voz dela era descontraída e não revelava nenhum nervosismo. Ainda na entrada do escritório, abri o aplicativo e me deparei com 37 mensagens novas do grupo "Família Costa/Hazan". Enquanto fui abrir, entraram mais mensagens e eu comecei a ler:

Taiana	Fernando e eu comunicamos a todos que acabamos de noivar.
Iara	Uau! Parabéns, mana e Fernando. Para quando vai ser o casamento?
Benjamim	Parabéns! Demoraram muito!
Taiana	Ainda não temos data, mas vai ser ainda em 2016.
Alice	Crianças, estamos muito felizes por vocês!
David	Fernando, prometa tomar conta da minha irmã.
Conceição	Parabéns! Felizes, mas podiam ter nos avisado, né...
Antônio	Esta foi a melhor notícia dos últimos anos. Queremos netos!
Taiana	O primeiro nós já garantimos, papai. Está a caminho.

Senti lágrimas brotarem dos meus olhos como naquele dia em Domodedovo, quando reencontrei minha mãe. Procurei uma cadeira, sentei e dedilhei:

Oleg   Parabéns! Mazel Tov! Aquela noite no lago
             Caracaranã eu e Antônio pressentimos
             que Benjamim iria sobrar. Estamos todos
             muito felizes!

Demorou um pouco e chegou uma mensagem do Antônio:

Antônio Oleg, meu irmão, antes do meu primeiro
             neto nascer, chegou a hora daquela
             viagem para Bulgária, que planejamos há
             anos. Ainda vamos encontrar tua mãe.
             Quero conhecer a Bulgária e ainda passar
             uns dias em Moscou.

Glossário

Balata
Espécie de látex, de árvores da família das Sapotáceas utilizado para a confecção de urnas funerárias e adornos.

Canaimé
Espírito mal.

Capemba de buriti
Folha que se desprende de algumas palmeiras como buriti.

Cruviana
Deusa do vento para algumas tribos indígenas. Durante a noite, ela se transforma em brisa e seduz os forasteiros.

Cunhantã
Menina, garota.

Curumim
Rapaz jovem, garoto, menino.

INCRA
Instituto Nacional de Colonização e Reforma Agrária, autarquia federal cuja missão prioritária é executar a reforma agrária e realizar o ordenamento fundiário nacional.

Lavrado
Região de savana do Estado de Roraima. Ecossistema único.

Tuxaua
Cacique.

Ubá
Canoa feita de uma árvore.

Ilko Minev nasceu em 1946 em Sofia, Bulgária, mas, por viver há mais de 40 anos no Brasil, sente-se um brasileiro nativo. É, por suas contribuições para a sociedade amazônica como respeitado empresário, "Cidadão Honorário de Manaus", onde vive. Antes de vir ao Brasil, Ilko recebeu asilo político na Bélgica, por ser dissidente político; foi lá que estudou Economia. Tornou-se escritor aos 66 anos, depois de se aposentar de uma carreira executiva. Suas obras buscam redimensionar a importância de eventos históricos marcantes na vida do autor, transcendendo nacionalidades, mas sem perder a influência de suas raízes judaico-búlgaras e seu amor pelo Brasil.

Fontes   TIEMPOS, MARK PRO